Giuseppe Campolo
Nubumo

I0672318

Giuseppe Campolo

Nubumo

Romano

El la itala tradukis
Nicolino Rossi

MONDIAL

Mondial
Novjorko

Giuseppe Campolo:
Nubumo

Romano

El la itala esperantigis
Nicolino Rossi

Eldonis: © 2024 Mondial
© Giuseppe Campolo
© Nicolino Rossi (traduko)

La desegno sur la kovrilo estas de Inge Krula,
dana-usona pentristino.

ISBN 9781595694812

www.esperantoliteraturo.com

ANTAŬPAROLO

Kia romano estas *Nubumo* de Giuseppe Campolo? Traleginte ĝis la lasta paĝo, la averaĝa leganto povus ekhavi dubon, ĉu li komprenis pri kiaspeca romano temas. Ĉu iu membiografia rakonto de la aŭtoro? Tute ne ŝajnas tiel. Ĉu iu romano pri la psikaj kaj mensaj eksterordinaraj kapabloj de la protagonisto, teksanta la rakontofadenojn? Eble, sed ne tute konvinko-implike. Ĉu la esoteraj elementoj, la mensaj fortoj de iu Inicito, kiujn normala homo niaepoka malhavas, estas la veraj legoŝlosiloj por ĝisfunde kompreni la kialojn, kiuj instigis la aŭtoron verki ĉi-specan, tute malkutiman longan rakonton? Eble tielas, sed ankaŭ eblus, ke temas pri tromp-spegulo alloganta la legonton al iu ne tuj videbla transcenda celo. Klaras nur, ke temas pri romano, kies interpreteblo bezonas aparte doktajn taksokleojn kaj literaturkritikan sentemon klarvidan kaj nekonformisman.

La ĉefrolulo, kies nomon ni tra la tuta romano ne ekscias (kaj tio jam instigas onin ekpensi, ke la aŭtoro intence kaŝas ies identecon por verki dunivele: sur la vivpraktika, rakontorula, nivelo, kaj sur la alegorie esotera nivelo de la mensomondo ĉiopova), jam infanaĝe posedas tute eksterordinarajn kapablojn. Li levitacias kaj verkas longan, altkvalitan poemaron per dekunusilabaj versoj, kiun li tamen detruas kaj kies enhavon li bedaŭrinde forgesas, kaj, dotite de egocentra infanpersoneco, li elkreskas ĝis ribelema junulo iom ekstravaganca. Deksesjaraĝe li emas al filozofio, kiu trateksas lian junaĝon kaj lin instigas vojaĝi ĝis Romo por renkonti gravan filozofon, kun kiu li flegas korespondadon. Tiun li maltrafas kaj fincelas iĝi amanto de multe pli aĝa grafino, ĉe kiu li kunvivas kaj iel, neeksplikite, lin amase alfluas mono. Oro kaj mono rolas esence, sed ne avide kaj profitocele, en la vivo de la junulo, kvazaŭ li estus iu Reĝo Midaso, kiu ĉion origas kion li tuŝas: *En brila valizeto ore borderita, al kiu la graco altrudis mezuron, mi promenigis la tutan monon posedatan, kiu ne trovis lokon en miaj poŝoj, ilin tro ŝveligante...* tiel, kvazaŭ alude, sian riĉiĝon rakontas la protagonisto. Li subite suferas, verŝajne ĵaluzokiale, atakon fare de junulbando, kiu lin batvundas kaj senvirigas, lasante lin preskaŭ mortonta en fosaĵo. De tie lin elsavas du ciganinoj, junegaj ŝnurdancistinoj vivantaj en cirko. Ĉe ili, ameme flegate kaj nutrate, la junulo resaniĝas kaj reviriĝas kaj al li mirakle refloras la fortranĉita generilo, post dujara ciganina prizorgado. La amoraj rilatoj de la junulo, antaŭ kaj post tiu, por li, meditiga amorpaŭzo, disvolviĝas ĉiam laŭ sinteno sufiĉe virpersonece malfeminisma, malgraŭ la protagonista aserto pri admiro kaj respekto al la ina digno. Do, plurfoje emerĝas, ke temas ja pri viro volforta kaj pri sia vireco tute memkonscia.

La reviriĝo kaj la korpa oriĝo de la protagonisto, kiu abrupte sin vidas transmudita en oron vivantan, denove alegorias, verŝajne, pri re-naskiĝo de iu Nietzsche-a Superhomo el la homo, pri iu nova Ora Epoko de la homo kun menskapabloj multe pli superaj ol la de ni hodiaŭ konataj: temas verŝajne pri espero kaj aŭguro de la aŭtoro pri iu "nova homo" en venonta pacepoko de la homaro. Fakte, la olda cirkomatrono iom mistere kaj nebule ion rivelas, pri kiu la junulo konfuziĝas: *ŝi diris ion profetecan, la lastan matenon. Ion, kio en mi kovas kaj min strangolas per katenoj el ombro: fremda al ĉio, fremda al mi mem.* La protagonisto, do, ekvojas al eventoj eksterordinaraj en sia kaj en ĉies vivo, ĉar li sentas sin fremda en sia nuna mondo. Li perceptas sonĝeskajn viziojn, aŭ li reale spektas eventojn nur al li videblajn, kvazaŭan renkonton kun eksterteranoj, post kiu.... *Kiam mi malfermas miajn okulojn, la unua objekto, kiun mi vidas, estas miaj manoj ŝanĝiĝintaj al oro. La tuta korpo, Dio mia, estas el oro. Mi klopodas moviĝi kaj mi kapablas. Mia timego ekŝrumpas; la transmudo min plenigas per mirsento. Plaĉagrableco estas ĉio, kio mi estas, kaj mi splendas, kiel suno, super la naturo.* Jen la mutacio okazis, la nova Superhomo ekestis, la protagonisto ekvojas al eventoj mirigaj.

La tempo ĉe la protagonisto ŝajnas esti senflua, statika, fakte...
Jam ekde ok jaroj mi aĝis dudekkvin; kaj ekde samlonga tempo mi jam ĉesis esti memmova arbo kun longa kaj kurboplena sako da humo, kien enprofundigi la alsuĉantajn radikojn, la molajn vilojn... Li do, ĉiam samjuna, ŝajnas agi en monda kaj ekstermonda dimensioj, ĉefe en la mensa kaj volopova dimensio, kaj iel kapablas surkovrigi la ĉielon per nubego, iu nubkovrilo, iaspeca nehumida *nubumo*, kiu ĉion tegas, ĉion envolvas, ĉion trempas, ĉion haltigas, ĉion elektran kaj meĥanikan malfunkciigas, sed ĉion gardas vivantan kaj plivigle vivigan. Fakte la tempo haltas, ĉar *...ia ora luminesko prilumadis la nokton kiel same la tagon; kaj neniam tagiĝis, nek iam ajn ekvesperis.* En tia sentempo la homoj devige ŝanĝas siajn kutimojn, perdas siajn malnovajn timojn, sentas novajn elanojn al vivo malsama. Tiel, per alegoria serenigo kaj sentempigo de la eventoj, epilogas la romano de Giuseppe Campolo, sed kia romano? Jen demando malfacile respondebla, ĉar, miaopinie, la roluloj estas pluraj kaj plurtavole enplektitaj; rolas la juna vira protagonisto, sed same rolas filozofio kaj pluroblo da filozofiaj kaj orientreligiaj konceptoj inter kiuj hinduismo kaj jogo ĉi kaj tie surfaciĝas. Rolas ankaŭ la pura homa racio, la akra denunco kontraŭ ĉiaspeca venenigo de la homa konscienco fare de malsamreligiaj kaj ekleziaj dogmoj, kiujn la aŭtoro senkompromise kaj kuraĝe skurĝe senmitigas.

La rakontoteksaĵon kuntegas prozo, en la itala, leksike altnivela, lingve senmakula, stile sobra, sed fojfoje eĉ virtuoze kompleksa ĉe la frazo-strukturado. La stilo estas klera, la naturfenomenaj priskriboj svinge poeziecaj, la metaforoj mirvekaj, la similecaj komparoj humurplenaj, kiel ĉe aludo al la homaj militoj, kiuj devus esti silente senteknologiaj por... *ne ĝeni la kovadon de la koturnoj*. Massimo Agresti, unu el la tri literaturkritikistoj, kiuj prefacis la originalan italan tekston, asertas, ke *la rakonto sin disvolvas laŭlonge de kurso neantaŭvidebla, inter la realaĵo kaj la fabelo, inter la materiaĵo kaj la sonĝeska vojaĝo, inter la filozofio kaj la sensanktigo de la filozofio, inter la rakontado kaj la provoko.* Transigi al esperanto tian aparte altkvalitan kaj vibrantan prozon, kiu, en la itala estas ofte spicita per vortoj kleraj, nekutimaj, kaj foje, eĉ per neologismoj propraj al la aŭtoro, tute ne estis facila tasko. Tradukante ĉi romanon, mi klopodis ĉiam gardi la stilajn specifecojn de la aŭtoro kaj paŭsi lian sintaksan frazkonstruon, kun aparta atento redoni ĉe la verboj, ĉiufoje kiam eblis, la nuancojn de la pasintaj italaj tensoj, precipe de la italaj *preterito* kaj *imperfekto,* tiel ofte kaj nuancite utiligataj de la aŭtoro. Mi esperas, ke la legontoj traĝuos ĉi stile unikan kaj enhave kleran romanon, kiel same mi ĝin traĝuis ĉe la tradukado.

Nicolino Rossi

UNUA PARTO

ĈAPITRO I

Iu skribis, ke mi, tuŝite de pasio, allogata de mistero, "eskapis el la risko de la estiminda verkado pri la memkompreneblo", min perdinte en iu fora nekoneblo. Mi estus forvojaĝinta al sendifina oriento, ĉar kaptita far la miraĝo de la enlumaj rezultoj pro absurda esploro de nekrofiliemulo. Mi vagadus laŭ necertaj spuroj, mi traserĉus ĉe disŝutitaj cindroj por plenumi mian fordissolviĝan destinon. Mi forperdus min mem en la neklarigeblo, serĉante la kaŝitan rilaton inter la verko kaj la vivo de porokaza verkistino, sin banale mortiginta sekve de amrilataĉo senfutura. Pri la altrudita suspekto, ke la epikura ŝia juna amanto estintus mi, mi ne kaŝludas, mi neas, tio min ne flatas.

Ke mi eksiĝis veras. Veras, ke mi ne plu informis pri mi. Sed mi ne fuĝis: mi nur ekhavis naŭzatakon. Per tio mi ne diru, ke min naŭzas io aŭ la sistemo, aŭ ke min premadis mia laborengaĝo. Mi havas nenion kontestotan. Mi ne suferis maljustaĵojn, aŭ ja kelkajn, kiel ĉiuj, sen de tio skandaliĝi kaj ne sentinte min heroo aŭ martiro. Ni ĉiuj vivas kiel ni povas. Ni lernis manĝi, trinki, aŭskulti kaj eldiri ion ajn: eksalti pro ajna sentemeco estus jam nekredeble, stulte, patose. Mi jam sentis naŭzon certe pro alio. Mi ne konas ĉi alion, sed en la naŭzo, kiu, subite, surfaciĝis, tute min envolvante kaj kiu, dummomente, iĝis mia tuta estaĵo kaj de kiu mi plu estas timigata, obsedata, minacata, admonata, mi havas certan indicon pri la ekzisto de ĉi alio.

Je mia dekjariĝo, mi estis verkinta poemaron per kvarversoj dekunusilabaj je rimoj paraj; heroan poemaron, pri kiu min turmentas la manko de ĉia rememoro kaj min kolerigas la fakto, ke al nenio utilas, hodiaŭ, mia posedo de iloj kaj parametroj por klopodi entrepreni ĝian studadon kun ioma espero pri adekvata ekzegezo; kaj mi ne povas min konsoli pro la neekzisto de eĉ unu ekzemplero en la mondo. Vane mi trapalpas mian menson por respuri almenaŭ iun indicon de la eco, kiun mi supozus rivela, de tiu hero-ago. Restis en mi, stulta kvazaŭ votofero, la triumfa mirindo de tiu verkaĵo pri kiu mi sciis tiom, kiom pri kodo enigma; kaj mi estis tute fordonita al la neceso klarigi ĝin al mi mem, redoni al mi la kapteblan sencon de lernejtaska resumverkaĵeto. Kodigita eraro. Ŝajnas, ke la esploro pri la signifoj igas onin "kaptitoj de la cirklo". Tutcerte veros, se tion diras la esoteristoj, kiuj ĉiam elfosis ĉe la radikoj signifantaj de l' simbolo.

Mia instruisto estis klarigonta al mi ĉiun verson. Li estus tion farinta ekzemplodone, malhelpante al mi resti kun ĉi vakuo, aŭ kun ĉi plenigo de io alia, kio min angorskuas. Li estis edukisto laŭ alvokigo, viro inteligenta kaj klera, spertoplena instrufakulo. Li alfiksadis viamensen la lecionojn per ajlospira alŝpruco; kaj vi estis regule sukcesinta ĉe-ekzamene, sen impostodevigo. Per la celkonscia honesto de la deloganto, mia patro repagis la sumon al mi kaj ne al la vera meritinto, la instruisto, nudigante al mia atentema suspekto la lernejan aŭtoritataron. Li, kiel mi jam diris, estus al mi eksplikinta. Sed estis la nura bezono ekscii, kiun li al mi ne kontentigis, kaj, eble, tutcertege la nura malobservo je lia preskaŭ sacerdota voto, ĉar li ekhavis la malbonŝancan ideon peti de mi ĝian aŭtoron. Li estis viro pacienca, neniam mi jam vidis lin koleriĝi, kaj tamen li ekkoleris. Li min teruris per kriegoj kaj minacoj. De kie mi ĝin kopiis? Lin iritis, eble, ne trovi ĝin en sia eksterordinara memoro. "Mi ĝin verkis, kurbiĝinte sur la friska fenestrosojlo, dum sendormemo, je la lumo de la stratlampo, kiu iluminas, nokte, la publikan vojon". Nekredate, mi estis fingromontre atentigita je la malŝato de la kamaradoj, kiel mensoganto, kaj punita, akirinte tiel la okazon por manifesti mian aĉan karakteron. Mi ekkaptis la foliojn kaj ilin disŝirinte, ilin ĉiujn forvoris. Furioze. Preskaŭ sufoke.

Eble mia jusa naŭzo havas ian rilaton kun la englutado de tiu nekonata alio deveninta el iu mio maleble konebla. Kiom da noktoj mi vigilis, sekvatempe, serĉante dekunusilabojn kaj rimojn! Kaj jam ekde ioma tempo mi emadis al akiritaj nekapablecoj. Ĉirkaŭ sesjaraĝe, iun posttagmezon, mia patrino enabruptis miaĉambren, suspektante, ke mi ne dormas malobeante ŝian ordonon; kaj mi falegis surliten kun granda bruskuo, el la levitacio, kiun mi praktikadis tute nature ĉiutage je la posttagmanĝa horo, sen la minimuma nocio pri eksterordinareco, ludon kiel tiom da ludoj, la nuran al mi eblan, ĉar mi tien estis forordonita. Mi ne asertas esti nejuste batita, ĉar mi ne scias, kion pensi pri pedagogio, kaj tiam ne aspektis al mi nejuste. Sed hodiaŭ mi foroferus ion ajn por rericevi tiun mian memon kapablan flugi, kies kaŝejon mi vane serĉadas.

Sekve (ĉu scieble!) mi iris enmonden ĉe la absurda sensaco tie malĉeesti. Mi ne povus prikonsideri identecokrizojn, sed male, la certecon pri potenca identeco, sed kaŝita, latenta, rifuĝinta, kiu, prudentocele, eĉ ne al mi donas signojn de sia ekzisto. Mi ne postulu leterojn el mia kaŝita memo; tamen mi anksiemas pro ĝi, ke ĝi ne estu mortinta. Nun mi kapablas tion al mi mem diri sufiĉe klare, sed ne ekde nun mi trasentas ĉi maltrankvilon. Kiom aĝa mi estis, kiam Lukrecia min kondukis en la ĉambron de la aveloj? Kaj do, kvazaŭ timante ne povi kunpaŝi ĉe la eventoj inter la ebloj elektindaj, mi certas esti al mi dirinta, tenacavole, eĉ per ĉi tiaj vortoj, eble senvorte, sed certe al mi diris: mi volas tie ĉeesti.

La morto estas nur kunmetaĵo el molekuloj ribonukleaj. Ni donos ĝin por ronĝi al mortiganto enzima, ni ĝin malintegrigos per bombardadoj el elektronoj, ni ĝin elradikigos per magnetaj kuleroj, ni ĝin enujigos en volvaĵojn plumbajn kaj solene ĝin enterigos en lokon sanktigitan.

Sed per tio, kiun ni estos reale sepultintaj?

Nun mi ne plu scias, ĉu mi volas ĉeesti. Aŭ mi ne plu estas certa pri kiu estos la maniero ĉeesti.

Mi ne scias, kion mi faros. Aŭ ĉu mi ion faros.

Mi sidas sursojle, kun mia rigardo fiksita ĉe la formikoj, sammaniere kaŭranta kiel mi kutimis infanaĝe, kiam mia ventro doloris, kaj ĝi doloradis ĉiutage, kaj mi ne sciis, ke eblas tion forigi. Temis pri realaĵo, mi ĝin akceptadis. Mi ne imagis, ke tio povus koncerni aliulon kun la emo pri tio plu zorgi. Mi ignoris suferi alergion pro la lakto, mi ne suspektis la ekzistadon de mikroorganisma mondo. Mi plu kunvivis kun tiu doloro obtuza kaj surda, foje perforta kaj lancina. Tamen nun mi pridubas la diagnozon kaj min demandas, kial mi ne mortis pro la lakto de mia patrino. Mi ne volas sciencajn respondojn. Neniu kuracisto aŭ biologo povos al mi diri kian rilaton havas tiu mia memo kapabla flugi kaj verki per kvarversoj, kun mia netolero pri lakto kaj cepo.

Kuriozas la fakto, ke iufoje mi trovis iom da cepo, kiu cepo ne estis, en la laktujo el kiu mi manĝis mian laktosupon.

Mi kaŭradas kaj pri nenio pensas. Ĝis hieraŭ, pri nenio mi pensadis. Ĉi-matene mi leviĝis ĉe la nerezistebla emo entrepreni verkadon, sed mi ne scias kiucele, mi ne scias, kion ĝi povos klarigi. Ĉu ankaŭ mi postkuras la ĥimeron de la ideala kundialoganto? Iun memon de kiu, pro fajna mensogemo, igi sin ami? Aŭ ĉu mi deziregas la ĉirkaŭbrakon de la Vasta Majoritato? Leĝere estas rezigni pri la fragilo de sia popra ne-certa memesto, kiam oni ekstaras en la ĉienpenetra forto de nombro senmezura. Kontraŭ mi mem, pro la verkado, ĉu ankaŭ mi serĉas la kunpartuman kutimon de sensignifaj fremdaĵoj; la konfuzan egalon de similantaj kompromitaĵoj? Sufiĉe forta por min detiri de l' perforto igi onin doni al mi opinion, ĉu mi min ne savus el la sangtrempita volupto tian opinion instigi? Se nur oni povus esperi, kvankam kontemplante la transfinitaĵon je potenco de l' nenio, sukcesi renkonti, tra la tempo, almenaŭ sin mem!

Bonŝance ŝajnas klarigite, far la esotera saĝo, ke la alia eraro, oftega kaj tre grava, estas tiu trudi al si celon. Kaj ĉi tie mi trankvilas: oni vidis, ke la celon mi ne konas. Kiel mi povus ĝin al mi trudi? Kiel mi povus ĝin maltrafi? Ĉu vi priflaras la trompon?

ĈAPITRO II

Deksesjaraĝe mi estis brunuleto vigla kaj svelta je trajtoj ŝataj de virinoj sed morte enuiga, ĉar mi ĉiam volis paroli pri filozofio; kaj mi estis iom malbonŝanca, ĉar la kazo volis la plej belajn ĉarmulinojn malinteresitaj je tiu fako. Tiun jaron mi havis kiel kamaradinon iun Blanka-n, kies familinomo, kvazaŭ moke, estis Materio kaj pro tio, ĉe la ĉiumatena nomvokado, tio sonis: Materio Blanka. Efektive ŝi havis haŭton kiel freŝan lakton nesterilizitan kaj vizaĝon enviinda far la anĝeloj, hararon ruĝa kaj bukla, kiun ŝi gardis kurta; kaj ŝi moviĝis per gracio birda. Al ĉi delogaj ecoj, ŝi aldonis la belan emon lasi sin engorĝigi per filozofio, sed ŝi estis ankaŭ nekapabla ĝin kompreni kaj pri ĝi konversacii, kio ŝin tre malaltigis je miaj okuloj. Malsategaj je rezonadoj, mi traserĉadis revuojn kvazaŭ trufserĉanto kaj, kiam mi legis belegan artikolon de muzika estetikisto, mi skribis al la aŭtoro, dezirema pri lia amikeco. Prilaborante la leteron dum pli ol semajno, mi interplektis gratulojn sincerajn kun kritikaj argumentoj, kiuj devintus montri, al tiu grandulo de l' pensado, miajn kapablojn induktajn kaj deduktajn. Li respondis al la proponoj tre serioze, kio min multe surprizis, tamen al mi mem konscia pri mia neprepariteco. Nia korespondado daŭris kiel inter du kleruloj samfamaj, kio min igis ekstermezure orgojla, ĉar ne ekzistas pli ŝvela vanteco ol tiu de la inteligento; kaj eĉ pli, por mi, la kapablo por bele argumenti fariĝis la mezuro pri l' valoro de homo. Mi agnoskis nur la aristokratecon de la penso. Blanka min ĉiam apudis kiel hundido; kaj ĉio, kion ŝi el mi eltiris, hontinde al mi, estis la emfazaj legadoj de la leteroj de la fama filozofo kaj miaj deliraj prirezonadoj. Ŝi devintus paroli pri mi siahejme, ĉar ŝia onklino sendis al mi inviton al tagmanĝo.

Ŝi loĝis ĉe tiu onklino, en tiu vilao, kiu al mi aspektis mirinda. Tiam mi ŝatis rakonti troigojn ĉiaspecajn, montrante ofte nuna tian vivstaton, kian mi imagis ebla estonte. Tio foje amuzis kaj foje entuziasmigis la virinojn. Sed onklinoj ne estas virinoj. Min surprizis la malvarmo per kiu la ŝia rimarkigis al mi kelkajn nekongruaĵojn en mia fabeleca rakontado, kiu, kvankam mi ĝin plenigis per belegaj ĉemomentaj inventoj, tiom pli brilaj kiom pli malespera estis la postulo pri pensakrobataĵoj, enigis en min senton de seniluziiĝo kaj min iritis. Mi estis ofendita de tiu kritika sinteno fare de elreviĝinta realistino. Mi malŝatadis ĉi-specajn personojn, kiuj ne povis kompreni homtipojn kiel mi, kaj tial ili sentis la devon tiujn difini trompemuloj. Sed mi intencis trompi neniun. Kaj cetere mi neniam vidis la veron sin pli bone esprimi ol tra tio, kion oni pridirus "la aldonkontribuo", kiu tute ne estas ja mensogo, havante neniun alian celon ol la veron, eĉ se veron intiman, al kiu indiferentas la subteno de objektiva datumo. Mia realo konsistis ne nur esti naskiĝinta, ne el viro, kiu rolis libroteniston, sed de librotenisto, unu el tiuj kun la pubo antaŭen kaj la brusto enpremita, kaj el dommastrino, kies nura orgojlo estis la neceseja purego kun la aldono de unu ambicio: sukcesi ŝpari ĉe la dommastruma elspezado. Mia realo estis multe pli vasta, kiel mia imagpovo, senlima. Mi naskiĝis meze de l' popolo por koni ties dolorojn kaj levi la bravan protestadon, deveninte tra metafizikaj vojoj elde prometeaj herooj. Tion mi firme kredadis.

Al mia definitiva separo de Blanka kontribuis la alveno de la somerferioj, kiam ŝi transloĝiĝis surmonteten ĉe sia patrino. Mi planadis renkontiĝon kun la filozofo, kiu plu interŝanĝis kun mi klerajn leterojn. Ni konsentis finfine, ke mi lin vizitos en Romo. Mi elspezis la plejmulton de la mono de mi posedata por aĉeti bileton unuaklasan. Mi forvojaĝis surhavante mallongan pantaloneton, kun dorsosako kaj sandaloj kaj timiga entuziasmo. Mi postlasis leteron por mia patrino por pravigi mian fuĝon pro konosoifo kaj aventuremo, kredante aspekti granda romantikulo, min nomante "cigano aventurema kaj sovaĝa": leteron, kiun mia patro gardis pilke kunĉifita, tenace fidema, por povi ĝin al mi ĵeti vizaĝen tiun nuran fojon, kiam ni poste renkontiĝis. Li ne neis al si la kontentiĝon sin ironie revenĝi per la retorika demando, ĉu tio estis ĉio, kion al mi la filozofio jam instruis. Li ekde ĉiam estis ege malŝatanta ĉi sciencon, ĝin taksante malmorala kaj koruptema; kaj li kovadis rankoron al mi, reflektosente, ĉar mi jam tial malpurigadis lian domon. Mi, dume, senscia pri ĉi efekto kaj, male, alte taksante mian vojaĝon, kvazaŭ ĝi estus misio, plu marŝis en la lumosplendo.

En la malplena kupeo mi legadis "La Timeo"-n kaj viglelane daŭre prinotis miajn pensojn. Mi min interrompis, nur tre mallonge, por montri afablecon ĉe la eniro de du monaĥinoj. Iom poste aperis ĉarma kaj eleganta sinjorino, al kiu mi donis sobran helpon. Kaj sub la diktado de mia fajra menso mi rekomencis surskribi mian duonstenografion maleble deĉifrotan. Asiduaj tuneloj nin envolvadis per mallumo, en kiu mi forabandonis mian rigardon postsekvante logikajn teksaĵojn. La suno min trafanta, subite, min kaptis vizaĝ-al-vizaĝe kun la sinjorino, kiu adresis al mi ekrideton, al kiu mi respondis ŝin mirigante.

– Ĉu vi studas Platonon?

– Mi ne studas; mi lin pridemandas. Kun Platono, precize, mi parolas.

Suprizite de mia gaja palavrado, al ŝi mankis la vortoj. Por altrudi al si ian sintenon, ŝi aferumis en sia mansaketo: kaj mi revenis al legado, sed, perdinte ĉian koncentriĝon, kvankam mi obstine respuris la liniojn, el kiuj mi eltiris neniun sencon. Do mi kapitulacis kaj fermis la libron, turnigante la fluajn energiojn al relanĉo de la konversacio. Ŝi difuzadis tiaspecan parfumon de mi ŝatatan, tiun parfumon senangulan, softan, kiu lante disvastiĝas kiel la nuboj. Ŝi konversaciis, en la helo, per la fajneco de antikva kulturo, kiu min avertis pri miaj mankoj, min orgojlobrave spronante kiel armeestro, kiu vidas batalpreta la plej potencan malamikon, kaj estas devigita jam tute konfidi en sia propra strategia genio. La neantaŭvidebla inventemo de mia logiko ŝin fascinadis kiel same min mem plu ekzaltis. Apud mi, la monaĥinoj sufiĉe rigidiĝis pro la senhonteco de la konceptoj, sin ĉirkaŭbarante en silenton en kiu, eble, ili sin kroĉis ĉe la preĝoj. Sur niaj vizaĝoj pasadis lumo, pasadis tenebro. Vibradis la araneaĵo de niaj vortoj. Mia aŭdaco, forta pro mia povo, sugestis al mi deloki la grandan vojaĝsakon de la sinjorino, por ke mi povu eksidi apud ŝi. Tiel ni povis paroli pli mallaŭte kaj niaj korpoj povis interplekti dialogon per alia elokvento. Nin kvietigis la suno, kiu maren descendis. Ŝi estis kaptita de somnolo, kvazaŭ laŭ sensoj svenontaj. Mi donacis al ŝi paŭzon, min disponigante ĉe la pacienco de la sieĝado kun la brakoj bruste plektitaj; sed la aventurema fingro de la mano kaŝita ekskizis, sur ŝia mola haŭto, fantaziajn desegnojn.

– Ĉu vi ne vidas, ke vi igas min tremvibri? Ni ne estas solaj.

Ŝi apelaciis al la ĝentlemano, parolante al pirato.

– Eble la monaĥinojn ni konvertos, – mi diris per repuŝe malbona gusto, kiu al mi ne apartenas. Kaj mi aldonis falsaĵojn arogantajn kaj fiigitajn verojn.

– Ili ĉesos sin mempuni je l' profito de la ĝojo. Inter la niaj kaj la iliaj, kiuj estas la vizaĝoj, kiuj plej respegulas la paradizon? Ili paŝtas la doloron, ni kondukas la konsciencan brutaron al la valoj de la ĝojo. La sensoj estas nur fizikaj alkreskaĵoj de la animo. Dia estas la plezuro, unuiganta kaj pura, agordo kaj harmonio, promeso je mondoj feliĉaj. Perversa estas doloro, frukto de malamikemo kaj kaoso, perforto kaj trudemo, voĉo elkarcera, mortminaco. Oni neniam vidis feliĉulon murdanta. Se ekzistas la Diablo, Li estas la Sinjoro de la leĝofarantoj, de la moralistoj kaj, ĉefe, de la kulpigemuloj malhelaj kaj senkuraĝaj.

– Kaj de la filozofoj, kiuj, per la frenezo de la racio, frostigas la volupton.

– Estas la unua falsaĵo, kiun mi aŭdas de vi. Nenio, male, estas pli volupta ol la racio, nenio estas samgrade malobeema. Mi plu diris malbelege.

Mi sekvis ŝin eksteren el la kupeo. Ĉe la vagonekstremaĵo, dum noktiĝadis, ni liberaj hedonistoj, malcivilaj kaj voremaj, nin perdis en brakumojn kaj kisojn, mirindaj kiel monumentoj, kiujn mi aminsufere plu admiras.

Ni estis je stato fluida, kunalojita, kiam kvazaŭ maleo, per surdiga sonoriltintado, min atingis ŝultrofrapo: la kontrolisto postulis la biletojn, kvazaŭ iu estus al li iam ordoninta montri la vojaĝleteron, kiu pravigu la traveturadon de la vivospacoj.

Sed eble li komprenis sian krimon, ĉar li retroiris senkulpiĝe, ekvidante sur niaj vizaĝoj la vundŝiron de nia trapalpanta konscio aliloke implikita. La subita reveno nin longe lasis silente ĝemantaj, ripozobezonaj. Ni nin enŝtelis, preskaŭ blindire, en iu kupeon, kiu jus vakiĝis de du senkarnaj kaj vaks-vizaĝaj negocistoj aŭ politikistoj jam certaj kadavroj, povante tiel nin fordoni al dormo.

Ankoraŭ ne tagiĝis, kiam alia kontrolisto nin vekis. La matenuloj pro alvokiĝo aŭ pro altrudo estas ĉiam militistemaj, sed tio nin, jam ripozintajn, anstataŭ ĝeni, plu amuzis. Tiun matenon ni ekparolis per sobra intimeco. Ŝiaj bluaj okuloj estis standardoj. Niaj gestoj havis nedifineblan agordon, ian harmonian rilaton, muzikan reciprokecon.

Mi firme ekskludas, ke ŝi estis frivola. Mi diras, ke ŝi sin oferdonis al mi per la tujeco de sia alta elektemo kaj sensa rafiniteco. Kaj estis ankaŭ la tempo, kiam ĉiu mia deziro rezultis plenumdeviga. La aliaj, en mia ĉeesto, estis sopiremaj malkovri tion, kio povus renkonti mian ekŝaton. Kaj ofte mia kvieto, devenanta de mia natura kontentiĝo, igis onin konsternitaj. Simbola estas kio okazis tiutage, tiunokte kaj sekvatempe, ĝis mi mem ne plu volis.

Ŝi devigis min promesi kaj ĵuri, ke mi ŝin vizitos la posttagon, pro la fakto ke ŝi ne sukcesis igi min rezigni pri la renkonto kun la filozofo, de kiu mi atendis grandajn rivelojn, "novajn eblecojn por la menso".

– Li min atendas, mi ne povas manki. Li pretas al mi proponi la plej grandan homan kapablon, sian ege rafinitan logikon, senigitan je ĉia patento, kiel Sokrato kutimadis kun siaj disĉiploj.

– Kaj li ne rezignos, vi ja vidos, "utiligi" ĉian sian arton ĉe la nobla intenco vin sokratizi.

Mi ne preteraŭdis la piktranĉan nuancon, sed mi ne komprenis. Iuj sintenoj de la grandaj personecoj estis al mi nekonataj, kiel ilia bezono ne sin respekti. Mi restis, tamen, nemovebla. Mi ne povis rezigni pri tiu sperto, kiu des pli grava al mi aperis, ju pli ŝi volis min forturni de ĝi. Preterkuris la grandaj arkaĵoj de la romia akvedukto kaj ŝi bezonadis mildigi la rezignacion per la espero. Kaj la lasta afero, kiun ŝi al mi diris, antaŭ ol ŝi eniris taksion, estis: "Ĉu tio estis, por vi, nura trajna aventuro? Ĉu mi ne plu vin revidos?

Strangas, kiel malmulte sukuras la tenerulojn eĉ tioma inteligento. Kaj mi estis preskaŭ ofendita, ke al ŝi ne sufiĉis mia parolpromeso. Tial mi oferis al ŝi rideton iom eldevigitan, kiu ne tute forkaŝu la ĝenon. Mi faris retropaŝojn, poste mi min turnis forirante, antaŭ ol ŝi ekforveturos.

Se la grafino estis perdinta batalon, ne estis certe tiu prompte entreprenita kontraŭ tio, kion ŝi konsideris sia unua rivalo: la potenca filozofio. Pli ol de ĉi tiu allogata, mi de ŝi fuĝis ĉar mi estis sovaĝeca, certe ne vaganta; kaj la ideo ŝin obeeme sekvi kaj tranokti en ŝia domo, tiom similante al mi ia kaptado, igis min kontraŭstarema kaj, ŝia instistado, ribela. Neniom valoris la flatoj kaj ĉiuj parolaj subigoj al ĉi princo, kiu mi tute ne povis esti, pri tio ŝi konsentis, tiel same ŝi ĝoje agnoskadis mian devenon el la proda Saladino, de kiu, ŝi plu asertis, mi havas nemiskompreneble la rigardmanieron kaj la kruelon. Min ĉiam fascinis la kapableco de la virinoj kredi tion, kio plaĉas al ili. La viroj estas multe pli rigidaj: ili kredas nur en tio, kion altrudas la rezonebleco aŭ la stultemo. Eble mi ĉiam plaĉis al la unuaj, ĉar al mi facilis regi ĉi ilian ludon, kiu estas mia ludo.

Dum mi atendis la aŭtobuson sur la strato al mia filozofo, stranga aperadis al mi, kiel diafana nebulo ĉehorizonta, iu suspekto pri senagemo. Li loĝis ekster la urbomuregoj, ankoraŭ trans la finstacio. Neniam ekmarŝi al iu celo ŝajnis al mi vagadi tiom sencele. La roma kamparo aspektis al mi alloga invito, okaze okulumanta el malantaŭ la domoj. Mi eniris gastejon por peti informojn, sed ankaŭ por kvietigi la malsatmordojn, rezignaciinte finfine forelspezi la lastan monon. Kiel mi manĝis tiun fojon en teleroj fenditaj, malfajnan manĝilaron svingante, neniam okazis same ĉe la tabloj pretigitaj per ŝtuparoj da kristalglasoj, ĉu la popolo havas hedonismon neniel kruda, ĉu en mi sin perfidas iu fundo pleba. Ĉiosume, al mi ŝajnis kuirarto brila, rafine kamparaneca. Mi ne min demandis, ĉu mia mono sufiĉos; kaj al mi tio malmulte gravis. Mi gustoplene manĝadis la pladojn sukfortajn, beate forabandonite, kun la kunmanĝantoj ĉe ludoj parolaj. Du ĝuemaj poetoj laŭokazaj, por esti ĝojplenaj ne malpersvaditaj de la oldaĝo, kiel de la manko de dentoj ne estis timigita ilia ridado, kiel malavaraj gastoj komencis miafavore ian vetkonkuron en rimoj, por min prikanti heroo hiperbola, per la skandoj antikvaj de l' patrolando perdita de la bardoj. Sidadis ĉe mia sama tablo, humiligante sian kvardekjaraĝon sufiĉe trivitan kun komplicema anksio, ĉe ĉiu strofo kunfrotante la brovojn farbitajn sur okuloj ruĝardaj, la pentristo venkita de angoro pro la senkaŭza forvanuo de la inspiro kaj konsternita pro la subita malobeado de la peniko. Nun, ekflamigita de la korvarmiga espero, li ĵuris esti kaptita de la emego min portreti, kvankam lia tremetanta mano de ebriulo minacadis al perfido de l' plej sincera decidovolo. Karesante la kompleksan planon de longa laboro, li malplenigadis glasojn da seka blankvino, per kiu insiste li min regalis. Preskaŭ resonis liaj metalbukloj, kiam li skuis sian kapon ordontrude, por venki mian timeman moderon; kaj nur ĉe la lasta akto, vespere, li sin forabandonis al la subita kapitulaco de la fortuloj, akceptante preni lokon sur la stango de sia biciklo, post kiam li estis al mi proponinta kunveturadon.

Tiel interŝanĝante ĝin kun vulgaraj diboĉaĵoj, mi neglektis la filozofion, kiu neniam kapablis al mi pardoni, ekde tiam al mi koncedante apenaŭan rilaton heziteman kaj suspektoplenan, sugestitan de nefidela amanto. Tiom gaja kiom sencerba diboĉ-kompano, elirante el gastejo multe pli je mono ekipita ol enir-inte, mi povintus vivi kvazaŭ riĉa fimoralulo dum almenaŭ unu semajno. Malcerta, fakte, ke la tiomo posedata sufiĉos por pagi, kaj tamen eĉ esperante pri ioma monrestaĵo, mi vidis la gastejestron reveni al mia tablo por meti apud min staketon da monbiletoj: pli akurata ol iu "Ĝino", la Okazado emis min pri-servi.

Se mi aspektis ebrieta, tio ne estis pro la vino, nek preta mi estis pro animviglo; sed tamen senembarasa mi restis pro natura pureco. Eĉ per la nekredebla sento esti rajtigita posedi ĉiujn mondotrezorojn, mi disdegnis ilin priatenti kaj, kiam estis tempo foriri, mi postlasis la monon, defie. Kaj jen la sensovigla gastejestro min postkuris alarmite ĝis la pordo, voĉante, ke mi forgesis ion mian. Mi akceptis pro afableco, sen intereso je tiaj mizeraj bagatelaĵoj; kaj tio ne estis simulado. Ĝojplena energio min emigis kanti kun la ebriuloj, kiuj ekiris, ŝanceliĝante, kontraŭstaremaj cedi antaŭ la malespero pri l' morgaŭo, dum bruegante la rulŝutro mallumigis la gastejon. Mi surrajdis la biciklon kaj, ekveturante laŭ pado ŝtonoza, kiu tranĉadis al mi la spiron provokante sangbolon, mi alfrontis la klopodon rekonduki hejmen la pezegan pentriston, kies pugo elbordiĝa kaj mola ĉirkaŭbrakis la sidstangon.

Al mi reprezentante la apologion de la nevundeblulo ribela, mi ne estis akceptinta la mildallogan gastigon en la bela olimpo de la grafino, sed certa povi marŝadi senvundiĝe sur fajro kaj sur koto, mi akceptis tiun repuŝan kaj ambiguan de la viro fimizeriĝinta kaj sombra, kolektujo de ajna fiaŭgura minaco, putranta artisto forlasita de la fido. Ni senvestiĝis dum mi tremadis, ne certe pro iu konscio pri risko, sed pro envolvo de mi mem en mia memo; kaj li aperis en siaj imperiestra kalsono antaŭ ol sin sterni, per krudaĉaj gestoj, sufiĉaj por gardi lontana ĉiun muzon, sub la littukon de la granda geedza lito, kiun mi baldaŭ kunpartumis venkite de la percepto pri l' komikeco. Mi dormis tre mallonge pro la nura motivo de lia malgracia ronkado, kiu fuĝigis liajn sonĝojn. Ĉe la tagiĝapero mi jam estis vestita kaj, silenta kiel Fortuno, mi gliteliris, kvazaŭ akvo, kiun vazo ne plu entenas.

La rosaspergita aŭroro min malsekigadis per aventuro ĝis la genuoj kaj ĉe la spirado estis novaĵotikla la densa nebuleto, kiu plu kovis la tagon. Kiel la suno mi direktis min Okcidenten, miaj kruroj, kiujn la vaka nokto estis longiginta, helpis la teron ĉirkaŭturniĝi pli loze, dum la erektita palmo de mia dorso, ondumante propramove, el la nova alto, permesadis al mi rigardi longperspektive el ekstera vidpunkto. Mi atendis, ke la vendejoj malfermiĝos por riveli min, finfine, *skarlata princo* portonta la gracon, al la bela grafino, de la elektra knalo, kiu renovigas.

Mi restis longe en akvo, ĝentiligita kaj parfumita de la saloj, lasante al mia korpo la necesan tempon por kompreni, dum ĝi rapide komprenis, senhaste. Samkiel dumnokte io estis okazinta al miaj ostoj, tiel nun mia haŭto ŝanĝiĝadis aŭ, neŝanĝiĝante, povis fine sin riveli. Mi kontemplis ĝian silkecan teksaĵon kaj mi ĝin nedireble amadis; mi ĝin amadis senrezerve kaj estis feliĉa; mi sciis esti tia kaj pli kaj pli al mi klaris, kiu mi estas, malsame ol iam, kiam mi sciadis, ne volante scii, kvazaŭ mi juĝus pli sekura la necertecon, kaj pli prudente adoptigi al la realo iun mimetisman alivestiĝon. La agnostikismo estas bona rifuĝo kaj veni taglumen estas ĉiam heroece.

La junulino, kiu okupiĝadis pri miaj manoj, havis longajn perpleksecojn kaj necertajn karesojn ĉirkaŭ la kurba rando de miaj ungoj; ŝi tien pasigadis la fingrokuseneton kaj retuŝadis per tondileto kaj poste ŝi fajladis per eta fajlilo, murmurante: "Nenion! oni povas nur fuŝi". Nekontentigite, ŝi forlasis miajn manojn kaj kaptis miajn piedojn, svingante la tondilon per zorgiga rezoluteco. Ŝi levis ilin al sia vizaĝo por kontempli ilian plandon kaj poste ŝi ekstaris ĉirkaŭirante ilin, kaj estis la maniero ilin karesi kaj la gesto, kiun mi intuiciis, porti ilin sialipen, kio min igis kolerega.

Narcisema kiel la nura Dio, survestante blankan kostumon, mi iris al ledaĵbutiko por aĉeti mian unuan monujon, elektante ĝin eta kaj rafinita, en kies fakoj la monbiletoj reiĝadis artaj desegnoj, kaj eble tial ili aspiris tien eniri: mi lasadis ĝin duonfermita, kvazaŭ pagopreta, kaj mi estis devigita enmeti en ĝin kromajn monbiletojn. Survoje mi preskaŭ ebrie ŝanceliĝadis, tentate de la scienca febro pruvi, per la laŭvola ripetado de la eksperimento, ke la bizara povo de la hazardo estis transcendita. Dum mi efektivigis monenkasigon, mi petis konsilojn vojindikajn kaj ĉe-angule de la ĝusta strato mi aĉetis florojn, komprenigante al la knabineto servanta gardi la monrestaĵon, lasante min plu scivola ekscii ties kiomon.

— 23 —

Intence bonedukan omaĝon por la grafino, mi donis, male, la rozojn de la Abato al la altaĝa sinjorino, kiu min tie alfrontis: mi apogis la rozojn ŝiabrusten kaj ŝi ilin stringis, pri ĉio dispona kiel ĉiu virino, kiu kapablas ĉion nei. Kial mi utiligu flatojn, antaŭmeditu la sindevigon al afabla rideto, mi, kiu ne iris tien por elpeti ŝiajn gracojn? Mi portis al ŝi la maksimuman flaton: mi tien iris pro mia plezuro.

ĈAPITRO III

Sen mimetisma talento kaj sena je ĉia modesteco kiel je ĉiu mizera virto, ankoraŭ ne deksepjara, mi fariĝis eleganta sinjoreto laŭ gestoj sublimaj: miksaĵo el olda aristokrateco librema kaj el kapitalisma ŝpruc-vervo. En brila valizeto ore borderita, al kiu la graco altrudis mezuron, mi promenigis la tutan monon posedatan, kiu ne trovis lokon en miaj poŝoj, ilin tro ŝveligante. Do, min trovinte ĉe la urĝa neceso elspezadi, mi serĉis rapidan helpon en la vitrino de juvelisto. Kiel nova riĉulo, ĉu mi de la splendo estis allogata, pro la alta prezo mi decidis: mi aĉetis orelpendaĵojn korbete fasonitajn, kies muntita frukto estis rubeno. Kaj kiam la hela plateno ascendis al la karnaj loboj, mi komprenis kian efekton sin proponis virinoj deziregante la juvelojn kaj kian orgojlan ebrion spertas la viroj, ekzaltante la splendon de la haŭto per multekostaj juveloj.

Mia nobla amantino, kies pasio malhelpis suspekti, ke mia beleco transiru la limojn bonmorajn, ne trovis ridinde trastudi la portretojn de l' granduloj kaj, kvazaŭ mania olda fraŭlino, elfosadi en akumuloĵn da antikvaj moneroj, ĉe la brokantistoj, en la obstina esploro, inter la nebuloj de iu sia nekaptebla re-memoro, pri la reĝaj devenmatricoj de mia profilo. Supernutrate de potenco, mi ne rimarkis stranga, ke ne ekzistas pompaj fier-uloj sufiĉe priflatataj de la regopovo por altrudi al si mem ne cedi al mi la paŝon: anstataŭ elteni mian rigardon, ili preferis la pian seriozecon elmontratan de la fideluloj, jam enanime aflikt-itaj, antaŭ la sanktigita hostio. Laŭokaze, sed rifuzante la mal-kuraĝon tion eviti, mi liveras ĉiun motivon de kiu sin nutras la specifeco de la akuzo pri Tenebrulo, fundamento de la sor-dida povo, al la industriistoj de la miljara elmineja elfosado de la mavo el la holografia korpo de iu Dio pli alkroĉita ol roman-verkisto, ĉe siaj aŭtorrajtoj pri la mondo, de kiu li ĉion postulas, elĉerpinte ĉiun sian rimedon, jam dum la kreado. Sed prefer-indas kredi, ke la universoj estas nur la mensogaj vortoj per kiuj konversacias inter si afablaj Dioj.

Nek Satano agadis, kompano de la moralistoj, nek mi plen-umadis ajnan sugestion; kaj eĉ malpli mi plu ekzercis la sorĉajn praktikadojn de Jupitero. Mi akceptis la simplajn donacojn de vasaleco, respektema pri la mensa ekvilibro de tiuj, kiuj ne-konscie min rekonante, ne plu povintus fidi al si mem, se iu mia rifuzo estus ilin puŝinta utiligi memkontraŭdiron: la mal-facilo pruvi al si mem sian kaŝitan realon el devoteco kaj la komprenebla montro de la rajto je mia metafizika rango. Ne estas malmultaj tiuj, kiuj havas ekvidon al tio, kion spegulo ne rivelas, se mi surprizadis ĉarmajn voĉojn esprimi la ekmiron pri "la bluo" de miaj okuloj, kiuj, miascie, estis tiam kaŝtankoloraj kun kelkaj flavaj eretoj; aŭ indiki min kiel "belan blondan junulon" spite miajn kaŝtanonigrajn harojn.

Ĉe la absoluta manko de deziro, mi rekonis la preludon: en mi naskiĝis kvazaŭa atendemo, aŭ pli bone antaŭvidemo; kaj en nereala etoso, la absurdo sin vestadis per la ŝajno de l' normalo. Mi plu diris al mi: "Jen ĝi alvenas." Sammaniere kiel la bonstatuloj donacadis al mi monon, la malriĉuloj ĝin de mi atendadis, kvazaŭ mi estus antikva rabisto romantika. Ĝin ili akceptis nature, kiel justis, sen la servutemo al ili altrudita de kiuj ilin aĉetas. Ili nombradis la monbiletojn, antaŭ ol tiujn formeti, preskaŭ kontrolante ĉu ili ricevis la ĝustan kvanton. Ili ne restis konvinkitaj, kaj mi kunpartumis ilian tristan dubon, sed ili de tio kontentiĝis, ĉar jam alkutimiĝintaj pri la nenio. Nur miaj gepatroj estis ĉiam nekapablaj vidi mian ekstersensan lumon, kolere rimarkante la fremdecon de mia animo. Mi havis la ŝirantan sensacon ne aparteni al gentraso, esti veninta el la nekoneblo kaj mi revis, ke mia vera patrino, vestita per mola blanka silko, svelta, altkreska, kun harplektaĵo ĉirkaŭkape kiel krono, min serĉu sur stratoj nigraj, gardante siakore mian nomon, kiu preskaŭ neniam ĉi tie sonvibras.

Mi certis esti, ĉiam esti estinta, kiu tiam en mia fantazio ŝajnis aludi la vorton princo. Kiu ajn estis mia kondiĉo, Princo ĉiama.

Libera je ambicio, je avido kaj deziregemo, pro elŝprucanta amo mi liberigis al flugo la koturnojn, kun la kapetoj vunditaj de la kaĝstangetoj, kies malliberigon ili ne akceptadis, kaj ne ĉar mi ne kapablis ami ion ajn, kiel malŝate diris mia patro. Kiam mortis pasero amiko mia, kaj mi estis sepjara, min vizitis sufero. Dum mi ĝuis rigardi ĝin bekadi la grajnojn, kiujn mi por ĝi estis disŝutinta, ĝin kaptis kato vaganta. Mi fuĝis, restante forkaŝita ĝis sunsubiro, komprenante tion, kio al homo kompreneblas; kaj mi rigardis pluen. Kiam la suno subenfalis, mi forprenis la ĉeneton el mia kolo, ĝin donante al la stratbubo, kiu min renkontis. Li ĝin ekkaptis per feroca rapido kaj fuĝis kiel la vento, min lasante elvomanta. Poste mi hasteme trapalpis miajn poŝojn, eltiris la monerojn trovitajn, ilin ĵetegis trans la muron unu post la alia, kontraŭ la ĉielon intense karmezinan: "Prenu! Prenu!" La moneroj trasulkis la aeron reĵetante brilsparkojn. Kaj kvazaŭ liberiĝante el sombra mantelo, la ĝojo brilegis nun kiel enmema aŭroro. La konscio pri forto intima (kiel tion klarigi, kiel?) igis min percepti mian korpon je konsisto eksterordinare kompakta, ŝajna kontraŭsenco, je paroksisma materieco. Se mi plu estis homestaĵo, tutcerte mi ne estis infano. Min ne plu lacigis marŝado, la vojo revene ŝajnis preskaŭ mallongigita. Mi kredis, ke unu paŝo pli ol vojpaŝon tramarŝas. Kiel laciĝas la homoj! Ĉio por ili estas klopodo. Por mi agi estas nur pulsado de mia koro, la spiro trankvila de la sango, la sato de miaj ĉeloj.

Kvankam regi la saman temon baldaŭ min enuigas, kaj jam pli volonte mi rakontus la sekvon, mi ne povas prisilenti malmultajn aliajn detalojn, ne tolerante malkompletecon. Ekde kiam mi riproĉis ĉian bonon al la Donacema, la mono min serĉis, min trovante, por min delogi. Ĝi tuj klopodis, dum mi reiris hejmen: dika monujo aperis al mi sub la trotuaro. Ĝi estis ŝvelinta, plena je valoraj monbiletoj. Mi ĝin fingromontris per malica mokemo al iu preterveturanta biciklisto. Li ĝin ekkaptis sen diri vorton, ne rigardante miavizaĝen. Ankaŭ li fuĝis per fola rapido laŭlonge de subendeklivo. Mi ne forgesas tiujn liajn lipojn pendantajn, tiun lian pintforman muzelon, tiun akran nazon, lian biciklistan frunton. Mi povus rakonti nekredeblan nombron da eltrovitaĵoj, kiuj tamen neniam min persvadis al humiligo min alklini kaptakire. Antaŭ pordego min atendis lago da mono pri kiu ne atentis virino eniranta. Mi devis ŝin voki por konstatigi al ŝi, ke ŝi ĝin surtretas. Ŝi sin ĵetis kolekti la monbiletojn per febra agemo. Mi ekstartis ŝin helpi, sed ŝi adresis al mi gruntadon bestian, rigardante min per okuloj sovaĝe minacaj. Iu mia kuzo volis min ĉiam akompani, pasigante la tutan tempon rigardante algrunden: "Kun vi mi ĉiam trovas monon". Li trovadis fakte nur monerojn, sed kun impresa ofteco, kvazaŭ ĉiumatene, antaŭ ol ni leviĝis por la lernejo, iu malavara Koboldeto estus disseminta la moneretojn. Logaĵoj por ŝtelistoj aŭ spikumantoj. Nenio komparebla kun la agrablaj donacofertoj, per kiuj mi estus poste dorlotata.

Ĉe-kape de la vico da kvin aŭ ses personoj estis iu kvindekjarulino kun la silueto de unua baletistino, sur kiu ŝia robo aspektis kiel ĉifoneto pendanta sur manekeno en modbutiko; kaj nun estis ŝia la vico. Kun la mieno de tiu, kiu sin pravigas, ŝi cedis al mi la vicordon: "Mi telefonos alian fojon". Ŝi diris. Mi ŝin dankis, sed kiam mi estis dekroĉanta la aŭdilon, mi ekhavis enpensiĝon kaj ŝin postkuris por doni al ŝi mon-donacon. Ŝi ekĉirpis: "Nur ŝatocele". Per nepaginda altklaseco. Mi iris returne, rezignaciinte pacience reenviciĝi, sed mi rimarkis, ke la aliaj telefonontoj jam ne kuraĝis okupi la budon kaj plu atendis, ke mi finplenumu miajn telefonbezonojn, preskaŭ hontante min ĝeni. Estis la lasta fojo, kiam mi telefonis hejmen. Poste, mi plu apartenis al neniu; ili ne plu havis filon, nek mi gepatrojn. Mi ne scias, kiel ili fartis ĉe tio. Por mi certe ne malgravis esti orfo. Mi sensadis neniun seniĝon aŭ la senton resti je io mankanta. Tutcerte mi ne estis senamema, aŭ iel subenfalis mia *vis* de amo. Male, mi amegadis senapartene.

La telefonaparato revomis al mi ĉiujn ĵetonojn, kiujn ĝi entenis. Mi scias, ke tia aparato ne povas elvomi tiujn jam atingintajn ĝian ventron, sed nur kaj maksimume, la dek ses ĵetonojn kuŝantajn en ĝiaj antaŭdigestaj tuboj. Plion ne eblis ricevi. Sed mi ne inventaras la eblon kaj mi limiĝas atesti la veron: la telefonaparato elĵetis minimune cent ĵetonojn, laŭ tri fortegaj elŝprucoj, kiujn mi rikoltis por disdoni al la ĉeestantoj, kiuj etendadis al mi siajn unuigitajn manojn, ravite de ĉi simbola distribuo. Poste oni plu rakontis, ke vireto de SIP[1], kiel la incendiema fajrobrigadisto proparolanta la rajtojn de l' fajro, dum la malvarmaj vesperoj kutime malplenigis la ĵetonujojn bonfarocele al la sendefendaj regatoj de la telefonkompania monopolo. La sama mita revo, povi priŝteli la tiranon malsatigantan, disvastigis ankaŭ la legendon de la ŝlosila prefiksa kodo, ĵetonevita, por la internaciaj kaj transkontinentaj telefonkontaktoj absolute senkostaj.

Mi estis promesinta reveni frue por la vespermanĝo kaj male, ĉe la vesperiĝo, mi trovis min ankoraŭ perdita en kompleksa labirinto de palacegoj en ogreca periferio. Mi pensis telefone mendi taksion el la kafejo, kiam mi ekvidis alveni, koincido aŭ ne, tiun grupon da samaĝuloj, kiujn mi erare kredis miaj samrangaj kunuloj, filoj de la afektemaj amikinoj de mia amikino. La blondulo estis la senhonta ido de tiu cinikulino, kun perdrika kapo, kiu estis proponinta la fian barakton de sia koliero el nigraj perloj kontraŭ la "pruntedono por unu nokto". "Liberan ĉasadon!" estis fride respondinta mia grafino. Sed mi ne plu vidis tiun sinjorinon aperi ĉe gastakceptado.

La junuloj alproksimiĝadis. "Hordo aperanta" mi diris al mi mem. Sed ili pli similis svarmon da migrantaj birdoj, eĉ en la maniero avanci kompakt-grupe. La blondulo gvidis la flugon al mi kaj min alparolis, dum li tramarŝis la straton. "Venu gustumi glaciaĵon". Kaj ne kompreneblis, kian emegon li havas por lanĉi ĉi inviton, kriante, kiam la kafejo estis ja miaflanke, tute al mi apuda. Eĉ pli strangis, ke li volis pagi, kiam li neniam elpoŝigadis moneron. Kaj plie estis tiu nekutima flatemo ĉe la demandado, ĉu al mi bongustas la glaciaĵo, kun amikemaj frapetoj sur mia ŝultro. Baldaŭ ankaŭ la aliaj donis al mi vangofrapetojn, ŝerce min ekpuŝetis, min ŝovante al pado, kiu trastrekis la roman kamparherbejon. Kiam mi klopodis decide kontraŭstari, ili min perforte trenis ĝis fosaĵo.

1   Itala Telefonkompanio.

Mi ne svenis. Mi neniam perdas miajn sentumojn, nur kiam mi eniras la kvietigan dormon. Mi imagas, ke tio ne tiom facilas, kiel kredigas la kinarto. Antaŭ ol min frapbategi, la blondulo ankoraŭ min demandis, ĉu la glaciaĵo al mi bongustis, per afektema mieno, por ridigi la ceterulojn. Poste ĉiuj lin helpis. Mi ne scias, kiu min frapis en la stomakon kaj kiu min genubatis vizaĝen, kiam mi fale fleksiĝis. Tuj kiam mi kuŝis tere, ili eksaltis sur min el la supro. En si mem, la doloro estas anesteza. La rompitaj ostoj povas doni ripoz-senton. Softan torporon, ĉe la ingvenbato. Super ĉio, pli neta, la duondolĉa gusto ĉe la nazradiko. Mi suspektadis, ke estas pli da kvieto; mi supozis, konjektis kaj certiĝis esti jam sola. Tiam mi ridetis pro kontentiĝo, triumfe kvazaŭ masoĥisto. Kion ili al mi faris, finfine? Ankaŭ tiel, egale mi sentis min mem! Ne min ektuŝis sento je mutilo. Kaj ĉefe mi sentadis same plu posedi tion, kion ili estis de mi forprenintaj per buĉista tekniko. Ili enpikis per tranĉilo, fendante nur la konektivan histaron, tirante kaj dekroĉante kvazaŭan karneron. Mi elspertis feliĉon, konscia ke, forpreninte de mi ĉion, nenion ili de mi foprenis. La sango, koaguliĝinte, karesadis per varma veluro la karnon. Batilo obtuze softa plu batis, sensonore, la dekstran tibion kvazaŭ amika akompano. Finfine, mi spiradis bonege, nur per mallongaj enspiradoj kaj elspiradoj kontrolitaj. Nur la maldekstra brako havis ian problemon, sed la alia estis apenaŭ doloranta kaj per ioma hezito mi povis fari ajnan movon.

Ekvesperis. La humido surfaladis mian korpon malvarme. Mi trasentis, ke estus timinde se mi min defendus, se mi ĝin kontraŭstarus. Kaj kial mi devintus tion fari? Ĉu ni ne estas humidaj? Kaj ĉu ne pretervivas eĉ la frostodormon vivanta korpo? Kiom stulta timo, la timo pri la frosto. La vespera malseko estis nur la softa vaporo de spongeca tago kaj kiu, nun, ne plu trovis alkroĉojn en la kristaliga aero. Se vi senmovas al vi ne malvarmas, estas apenaŭa pezosento. Ĝi ĉirkaŭas kaj stringas la kapon pli ol kiom vi volus; sed por ke tio iom vin malstringu, sufiĉas esti pacienca kaj ne ĝeniĝi, ne indigniĝi. Minimume ĝi restas senŝanĝa kaj tio, kio ne moviĝas, iĝas normala. Kaj al mi plaĉas. Plaĉas al mi ne renkonti mian limon kaj se mi ĝin renkontas, fari kion mi faris bubaĝe kun la bariloj.

Kaj dum tio al mi plaĉas, la suno plenumis sian noktan ĉirkaŭflugon kaj nun rehejmiĝas, el la Oriento, iom laca, kaj murmuras por revoki al si la roson, kiu estis ĝin longe atendanta kuŝante sur mi, por ke la griloj eksaltu sur la sekaĵon. Kaj tiel mi endormiĝas, en hamako el varmeto.

Ĉirkaŭ tagmeze min vekis karesemaj manoj: la longaj fingroj, de la kvar manoj plej belaj iam ajn videblaj ekster iu cigana klano, de du junulinoj, kiuj aferumadis ĉirkaŭ mi, sen defendi, en sia senkulpeco, la koksoblankon, la ombron de la pubo sub la ondumantaj jupoj kloŝformaj, kiuj min kovris. Ĉiam tiel al mi apudiĝis virinoj, per senpera intimeco. Spontana kaj kompleta, je natura esenco. La grafino estis murmurinta, konkludinte iun sian serenan silenton: "Vi estas amiko de l' virinoj, vi, kiel Modigliani"[2]. Ŝi ĉiam legis biografiojn. Kaj ĉi-koncerne, pripensante, mi agnoskas, ke ŝi pravis.

Kiel ĉiuj ceteraj, la du knabinoj sopiradis okupiĝi pri mi. Ili transportis min sur kurbiĝinta littuko, kiel sur brankardo kaj aranĝis min, komfortan, en sia ruldomo. Ili splintis mian kruron kaj mian brakon, per la sama zorgo, kiun mi siatempe montris al krureto de korvo alpafita. Ili lavis kaj flegis mian ingvenon tri fojojn tage. Ili havis sian efikan manieron min priflegi per sia salivo, pasigante longe sian langon sur mia vundo. Kutimo klana aŭ originala invento ilia, nenio povintus esti pli bonefika: baldaŭ formiĝis mola haŭteto, tre sensema kaj sana. Ili permesis al neniu alia okupiĝi pri mi kaj ili min satmanĝigis kvazaŭ porkidon. Ili ŝatis ŝerci. Kaj kiam ekaperis preskaŭa eta kresto de juna koketo, ili longe diskutis. Ili montris ĝin al mi per spegulo. Elvira ekprovis alproksimiĝon per sia lango kaj ĝin gustumis per la lipoj. Ŝi diris, per rigardo mirinde koketema: "Mi ne volus erari".

Ŝi ne eraris.

Se ekzistas precedentoj al mi ne gravas tion scii. Kaj tamen mi ne ŝatus transdoni informojn utiligeblajn al la perforta medicina scienco, kiu ne bezonas aliokazan helpon por kreskigi

---

2 Amedeo Modigliani (1884-1920) estis itala pentristo kaj skulptisto.

la ricelistojn de la sano, pretajn sin senvestigi je ajna digno, ĉar ĉi tiuj jam trioble pli rapide kreskis ol la popolkvanto. Al mi gravas, male, atesti, por eterna gloro de la ineco, la amindajn flegozorgojn, kiujn malavare ili donis al tiu sensignifa sproso apenaŭ videbla, longe malcerta, foje minacanta resekiĝi, malprogresi, velki, malpleniĝi je konsisto; kaj ĝi senkuraĝigite estus kapitulacinta, tiu buleto da ĉeloj, sur la rando de iu memoro frakasita kaj forfadinta, se ili ĝin ne estus obstine stimulintaj, re⁻ animigintaj, revivigintaj per la persistego de spiradstimulo buŝ-al-buŝa. Kaj ĵus kiam al ili ŝajnis ĝin vigligi, ili montris ĝin al si reciproke per ĝuaj rigardoj kaj ekkrietoj gajaj.

Kiam estis ilia vico danci sur la ŝnuro, la severa instruanto venis ilin elnestigi, ilin minacante per sia rimeno. Kaj li ĝuprofitis min. Li ne estis tiom malplaĉa kaj mi ne povas plendi pri grava brutaleco; sed tiu glueca, grajneca fluidaĵo (kiun li forviŝadis kiel la murdisto siajn spurojn) estas la afero plej ofenda de mi konata. Mi sentas tiom da tenero por la humilo, per kiu la virinoj al tio trude subiĝas.

Sed je horo por li nekutima, matene je la kafohoro, (kial, do, li estis veninta?), li nin surprizis dum la knabinoj flegadis mian rozkoloran figeton je konsisto kaŭĉuka. Li foriris kiel porokaza entrudinto, tute sena je sia aroganto; kaj li ĉesis min ĝeni, kvazaŭ tiu embrio de maskleco estus min seniginta, liaokule, de ajna allogo, aŭ li ne eltenus min vidi ĉe alies intimeco. Tio strangas. Strangas: de tempo al tempo min ektuŝas preskaŭ dolora nostalgio, eĉ se tiom min ofendis kaj min firepuŝis tiu minposedado bestia, sen interparolo aŭ homa rilato, tiu nura plata perforto, de viro, de bruto, pri kiu mi konis nur la sakradon, la minacojn kaj iun gruntgrumblon. Kiel ajnan tenanton de subkonsciaĵoj, fremdaj kun kiuj li devas kunvivi, min atakadas iu angorpremo, kiu lasas min elĉerpita.

La junulinoj estis orgojlaj pri tiu ekfloraĵo. Dum du jaroj ili ĝin sekvis en ĉiuj minimumaj progresoj, ĝis la atingo de ĝia originala formo. Sed neniam (kaj tio ŝajnos eĉ pli granda mensogo), neniam okazis ĉe ili voluptogesto, kvankam ili ĝin prizorgadis samfervore ĝis la tago de mia foriro: jam eksprosis la albinaj viloj, kiuj jukis kaj pinĉis kvazaŭ pulatako.

ĈAPITRO IV

Se iam ajn mi estis senkulpa, hodiaŭ tia mi estas. Mi devis re-elaĉeti geston post gesto, rekonkeri mian puran nekonon per asiduaj, ĉiutagaj atakoj al la civilaj certecoj al mi altruditaj ekde la vivkomenco. Ĉu Kloa kaj Elvira estis trairintaj la saman voj-marŝon, mi ne scias; eble neniu sukcesis perturbi ilian ennask-iĝan senkulpecon: ili estis la plej mirindaj ekzemploj de senpeka scioplena senkono, iam ajn viditaj. Mi konsumadis mian sen-movo-terapion en ilia ruldomo kaj ili havis neniun sekreton por mi, kaj neniom ili ignoris kiom pudoron. Minimumaj estis iliaj scenokostumoj, sed ili de tiuj liberiĝis kvazaŭ tiuj estus vestoj kaj laĉoj vindocele altruditaj. Tamen ili estas la nuraj ĉastaj virinoj de mia vivo, antaŭevaj, antaŭmensaj, aŭ eble postmensaj kaj posthumanaj virinoj.

Ni daŭre kunpartumis la ruldoman kuŝejon, larĝan kaj komfortan. Mi kutimis manĝi kun ili, kiuj kaŭradis en maniero por povi min alrigardi, kun la paperaĵoj servantaj kiel buŝtukoj inter siaj kruroj, porokazaj naturaj maskoŝirmoj normale protektantaj miajn rigardojn, kiuj estis perdintaj la ekmiron kiel same la maskadon de propra ĝuo. Mi ne scias, ĉu oni povas intuicii la efekton pri sekureco kaj firma bonfarto, kiun tio al mi kaŭzadis. Kvankam ili alvenis jam malfrue, post la spektaklo, kun la bonodoraj envolvaĵoj, mi devis paciencigi mian malsaton ĝis ili plenumis sian banadon en la kuvetoj malantaŭ la ruldomo, apud la nana jasmeno, nura planto nomada, kiu tuj difuzadis sian ekzaltan parfumon. De tempo al tempo, mi vidis enkadrite en la fenestroframo la kapon de unu aŭ de la alia kun la malsekaj haroj algluitaj al la kranio, kiu aperis pli eta kaj ĝentila. Kompatemaj, eble konsiderante mian nenifaradon, ili sin malakurate sekigis kaj jen, mi ne volas reteni emocilarmojn, ĉe la rememoro de la paperkraketado de la pakaĵetoj, kiuj estis malvolvataj, kaj de la uja metalbruo kontraŭ la manĝilaro: ili envicigis la nutraĵojn antaŭ mi por ke mi elektu kion plej mi ŝatis. Tre ema mallerni la komplimentojn, mi elektis tion, kio min plej altiris. Ili plu dividis inter si tion, kio restis. Ni dentomaĉis nin rigardante, kaj nin rigardadis maĉante. Ili lavis siajn dentojn sin klinante el la fenestreto; por igi min lavi la miajn ili atendis, ke mi emu, sed priantentante, ke tio okazu.

Dum la unuaj tagoj mi povis zorgi pri mi mem malpli ol novnaskito, sed tio ne min humiligis, kiel al ili ne malagrablis iu ajn priflego min koncerna.

Mi meditadis, ĉu ilia kulturo estas malsama aŭ estas ne-kulturo. Post longa pripensado, mi alvenis al konkludo, ke, kia ajn ĝi estas, mi nomus ĝin nekulturo, voĉdonante por ĝi mian preferon. Ili sin kuŝigis miaflanken rigardante al la enirpordo malfermita kaj kune ni ĝuadis la freŝaerajn ondojn de la nokta brizo. Min envolvis la odoro de iliaj korpoj. Nur floroj povas atingi la saman softon de tiu bonodoro, la intensan elvaporiĝon de ilia humideco. Ilia ŝvito, eĉ kiam ili alvenis anhelantaj pro la ĵusaj korpekzercoj, ne difuzis akrajn miasmojn bestodorajn, sed helojn nebulumajn, nedifinitajn opalojn, globecajn. Nur la doloro estas plata elfuĝo, kiel ŝtono glitanta sur akvo. La parfumo estas silento; la doloro estas sono. La doloro estas muziko. Neimiteblajn harmoniojn, asonancojn kaj eterajn struk-turojn mi gustumis dum longaj horoj, en tiuj tagoj, kiuj al mi ŝajnis tiom mallongaj. La knabinoj min plu trovis kvazaŭ el songo elirintan, trempitan en sublimo, brilan je ĝojo.

Mi ne povas atesti ilian virgecon, ĉar mi ĝin ne atencis, eĉ ne kiam mi povintus: pri tio mi neniam pensis; sed mi atestas ilian ĉastecon, ilian nepran senkulpecon, ilian subliman ignoron pri la subkomprenitaĵoj, pri la ambiguo kaj pri la kaŝiteco.

Ĉirkaŭ la matenmezo, venis pripalpi miajn ostojn la cir-komatrono. Ŝi min liberigis el vindoj kaj splintoj, kaj per siaj atentaj manoj ŝi traesploris mian karnon. Ŝi enprofundigis siajn fingrojn, kien miaj ostoj rekonstruiĝadis, tiujn modlante per profundaj masaĝoj. Mia sango pulsadis kiel inter rifoj, ekde la kapo ĝis la medolo. Ŝi kliniĝadis al mi kiel gigantino kaj min manipulis rikanante pro kontentiĝo; kaj mi sciis esti en sekureco. Poste ŝi forkuris al siaj taskoj, min postlasante nuda kaj duonkonscia. Sed iun fojon ni interparolis. La cirko estis preta forveturi, sed mirinda tondroŝtormo, kun krakegantaj knaloj kaj blindigaj fulmoj, altrudis atendon. La ĉielo, kiun mi vidis tra la fenestreto, estis nigrega en la tagpleno.

Ŝi parolis al mia torpora menso. Akĉento fremdula, eble slava, kaj voĉo reeĥanta faris al mia nomo iaspecan slalomon. Ŝi certe al mi diris ion gravan, kio dum momento sukcesis min atentigi; sed tuj mi ŝin forgesis, supozante, ke mi baldaŭ trovos okazon ŝin repridemandi. Bedaŭrinde ŝi ne plu venis min viziti. Kaj kiam mi ŝin revidis, ŝi estis tute alia virino: perfortema kaj fikonduta. Dum ni ĉirkaŭsidis ĉe la granda tablo, subĉiele, ŝi altrudis sian kondutekzemplon al la gejunuloj, rakontante pri sia vivo. Kie estis kaŝiĝinta ŝia aŭtenta simpleco ĝoje aferumanta? Nun ŝi estis kiel mia patrino: ŝi indikadis al ĉiu la propran lokon, por sidi en la vivo, fiksante eĉ ĉies pensojn. Mi eksentis grandan deziron forfuĝi. Eĉ ne la cirko al mi taŭgis. Tiumomente, tamen, mi ne kredas ke mi posedas troan menslucidon; sed mi scias, ke ŝi diris ion profetecan, la lastan matenon. Ion, kio en mi kovas kaj min strangolas per katenoj el ombro: fremda al ĉio, fremda al mi mem.

Dum la tagoj de mia senmova resaniĝ-klopodado, eĉ la nano okupiĝadis pri mi. Li restis nur minuton por elmontri al mi, dancante per infaneca triumfo, sian bone formitan generilon. Tiun matenon, venkite de torpora senmoveco, pli por resti trankvila ol por lin trompi, mi simulis dormon, kun mia kapo klinita surŝultre, sed mi kaŝrigardadis tra la okulharoj. Surprizite, la nano, kun sia kalsono enmane, alproksimiĝis singarde kaj, turnante sian kapon, li ĝisvenis kun sia malfermita buŝo al miaj fendete duonapertaj okuloj. Mi lin ekkaptis per la du manoj, kiuj eksvingiĝis kiel kaptilrisortoj, kaj premegante lian frunton kontraŭ la mian tiom forte por min dolorigi, mi obstinis lin stringi pli kaj pli: ĝismorte mi lin timigis. Perforta

— 35 —

kompato min alsvarmis, kvazaŭ furiozo amora, emocia spasmo ĵetita kontraŭ la mizeraĵojn. La nano kurbiĝis kaj tremegis, li sin skuis en fortremon, kiel kokino al kiu oni tordas la kolon. Mi delasis mian kaptotenon kredante esti lin mortiginta kaj, dum li kuŝadis de konvulsioj tordita, mi volis, ke morto lin sukuru, ke lin haste liberigu.

Ne nur li ne mortis, sed antaŭ ol mi forlasis la cirkon li estis viro je staturo preskaŭ normala kaj, kiel tia, li esprimadis al mi sian etan haton, kaŝe lanĉante al mi bulojn el ligno-segaĵeroj kun urino kneditaj. Mi hezitis kredi esti la kaŭzo de lia kresko, sed jam tro da pruvoj mi havis pri miaj eksterordinaraj kapabloj. En la domo de la grafino, la festo kovadis ĉirkaŭ la manĝopladoj. La longvosta fortepiano, belega, allogadis min glatkaresi ĝin kvazaŭ dorlotbezonan katon. Mi metis miajn manojn sur la klavaron por ludi muzikpecojn neniam aŭditajn, ne konante muzikon. Oni komparis min kun Bach kaj, kvankam tiom diversaj pro nedifineblo, mi supozas, oni min komparis eĉ kun Wagner. Oni volis scii ĝuste de mi! kiu mi vere estas. Mi respondis memsufiĉe: "Artisto". Kaj, nun, en la fundo de ĉi ruldomo kaj en la sensenco de mia vivo, viglelane, mi min vere demandadis: "Sed, finfine, kiu estas mi?"

DUA PARTO

ĈAPITRO V

Eble mi estas profeto. Aserto farita por aŭdi kiel ĝi sonas, por vidi kiel ĝi sidas surpapere. Sur papero ĝi estas tute neadekvata; ĝi devus esti esprimita per pasto gumeca pleniganta la tutan paĝon. Jen, ĝi sonas tro krude, malgraŭ la "eble". Ĉu eble mi estas profeto? Jam tiel pli bone, ĉar limiĝante ĉe la ironio kaj, eĉ gardante pretendemon, ĝi perdis ĉian malkvietigan forton pri la serioza mindemandado, kaj ĉian kredeblecon.

Min pli interesas la furioza batalo, kiu plu ŝtormas, ĉi-matene, sur vasta kampo inter senfinaj armeoj da formikoj. Kaj scieble, ĉu ili kunligis aliancojn inter formikejoj por komuna celo, kaj iliaj pluroblaj frakcioj havas sian generalan stabon gvidantan la operaciojn? Ne estus strange, konsiderinte ilian emon al kunorganiziĝo. Kaj kial ili militas? Ĉu estas koncernata la posedo de teritorio aŭ de iu Helena mirmidona, aŭ ĉu ili luktas por la plifirmigo de iu ideologia principo? Ĉar tio ne estas stranga supozo, konsiderinte ke ilia soci-formo estas la preciza enkarniĝo de ideologio, kie eĉ la fizika strukturo de la individuo estas altrudita fare de lia socia rolo. Kiu homa ideologo ne konsideras ĝin ideala ekzemplo? Ĉiuj projektoj de socia establo havas komunan necesan elementon: la hierarĥio. Nur la anarkia ideo senas je tio, sed ĝi ne estas socia projekto, ĝi estas nur protesto de suspektemaj individuistoj, malamikoj al ĉia povo, konstitucie minoritataj kaj sektecaj, iluziiĝintaj kvazaŭ nifologoj, aŭ sencerbaj kiel kondamnitoj.

Sed krom defio al la ridindeco, ĉu la profeto estas eksterleĝulo kontraŭkonstitucia? Antaŭ ol pricertigi mian surfaciĝantan naturon, koncedite ke tia ĝi estas, ĉu mi devus konsulti leĝo-kodeksojn? Ĉu tio estas krimo por iuj nacioj, al kiuj estus al mi neita la enir-vizo? Kaj ĉu la sama rajto pritaksi ĝian hipotezon povas esti al mi kontestita fare de la Komerca Ĉambro, kie ankoraŭ ne ekzistas ĉi-rilata registriĝo?

Pro kiu ajn kialo sin kverelatakas ĉi furiozantaj formikoj, la nura kondiĉo, kiun ili eĉ ne sonĝas kontesti, estas ilia formikeca stato, kiu estas la nura memevidento meritanta esti repuŝita kiel la plej katastrofa insulto al la vivo, se tiu ĉi havus la minimuman dignon, kaj ne kontentiĝus esti io ajn por povi nur ekzisti. Kaj kial ne hipotezi esti, almenaŭ, vivanta specio pli nobla ol la homo, pli aŭ malpli deprima kiel ĉiu ajn vivoformo? Ĉu, do, profeto, aŭ iu ento iom pli bone konturita, sed plu nemanifestiĝanta? Min proklaminte profeto, mi trovus min, fakte, en embarasaj malfacilaĵoj. Ĉar mankas al mi la alvokiĝo al tiu mensogemo necesa por min aŭtoritate akrediti.

Ĉar estas insekto-milito, estas natura milito, ekvilibriga, konsekrebla de la saniga ekologio. Kio ne taŭgas en la homa milito estas ĝia teknologia bruado. Estus ja tute aprobinde se la armeoj sin reciproke strangolus per la manoj, en silento, por ne ĝeni la kovadon de la koturnoj.

Sed ĉi-matene pli ol unu mirindaĵo erupciis en mia ĝardeno. Dum intermilitas plu la formikoj, iu papilio min ektanĝas, sen flugilbato, kaj forglitas aeren, dum mi ĝin postsekvas, kaj ĝi haltas sur mia pordofosto. Ĝiaj flugiloj similas al duobla deltaplano; ĉar la naturo, miaopinie, ĝiscelis imiti la homajn inventaĵojn renversante la kutimon: fiksaj flugiloj, vostakcelilo vorticogire remanta. Mi volus ĝin montri al kelkiu. Kial mi ĉiam malŝatis fotadon? Se mi havus kameraon kun makrozomo, iun telekameraon kun enmuntita videoregistrilo! Tiel mi ekalvokis por helpo, kvazaŭ iu de danĝero timigita. Kvankam tio ne okazu por sin ŝirmi de danĝero, la profetoj povas bezoni helpon kaj nenio obstaklas, ke ili ekkriu. Mi ne scias el kie ekaperas infanino, kiu alproksimiĝas al la papilio, kvankam mi al ŝi ne ĝin montras, tiom, ke mi ŝin avertas ne tuŝi ĝin, timante ke ŝi ĝin forfuĝigos. "Kiel ĝi povus formalaperi se ĝi ne kapablas estigi la gravitacian truon?" ŝi retorikas, ridetante pri mia ignoro de tia memkompreneblaĵo. La papilio rondflugas dum momento kaj haltas sur ŝia etendita mano. Tiam mi alproksimiĝas kun spirreteno, por ĝin pli bone alrigardi, kaj mi malkovras, ke la makulo surflugila estas nur desegno de divano, kiu entenas du virojn inter si konversaciantajn kaj iliaj vortoj estas skribitaj apude, bildstri-simile. Tiuj estas etlitere skribitaj, tamen, kaj ilin mi ne distingas. Mi bezonus, tiucele, grandigan lenson. Kaj tiun mi havas. Mi devas iri ĝin serĉi, rapide. Tiu miriga estaĵo devas esti eksterterano portanta mesaĝon, kiun oni devas malkodigi; sed kiam mi revenas, svingante la lenson, mi neniun trovas: infanino kaj papilio malaperis kvazaŭ vizio. Kaj tute ne estis vizio.

Mi kuras kaj vokadas. Mi atingas la riveron. Min ĝenas la bruo de akvo, kiu kovras la eventualajn paŝospurojn de fuĝo. Mi puŝe alcelas mian rigardon ĉiudirekten. Mi hastas en la direkton al la kaŝtanarboj. Mi anhelas, sed mia obstino fluigas en miajn krurojn impresan energion; kaj mi ekelanas kaj saltas, ĉar mi absolute devas retrovi la kabineton, je virina vizaĝo iom stranga, nun dum mi tion pripensas: eble pro la hararo, eble pro la okuloj, aŭ pro ŝia vesto lucide blanka sen kudraĵ-linioj, kaj tion mi estis tuj rimarkinta. Mi jam malesperas ŝin retrovi kaj mi terenfalas. Ŝi certe forfuĝis tra gravitacia truo, kun sia eksterterana ludilo. La pensoj kuras plu vorticodone kun mia koro, kaj la spirado ne trankviliĝas. Mi bezonas multan tempon por altrudi al mi kvietiĝon kaj mi fincelas al endormiĝo, lasante ke la absurdo plu veftu al mi mirvekajn surprizojn. Kaj do, kiel oni povas diri ion tian? Kiam mi malfermas miajn okulojn, la unua objekto, kiun mi vidas, estas miaj manoj ŝanĝiĝintaj al oro. La tuta korpo, Dio mia, estas el oro. Mi klopodas moviĝi kaj mi kapablas. Mia timego ekŝrumpas; la transmudo min plenigas per mirsento. Plaĉagrableco estas ĉio, kio mi estas, kaj mi splendas, kiel suno, super la naturo.

ĈAPITRO VI

Dio min malhelpu paroli kvazaŭ profeto. Neniam mi diru jene: "Estis al vi dirate: *Humiliĝu antaŭ neniu homo, konfesante viajn pekojn. Faru tion nur antaŭ via Dio.* En vero, en vero mi al vi diras: via Dio ne volas, ke vi humiliĝu eĉ antaŭ Li. Primeditu vian agadon kaj estu pli fidelaj al la dubo ol al la vero, ĉar ĉi tiu estas nur kategorio de la mensogo. Ne estu respondecaj antaŭ Li pri via frato, sed ĉiu el vi estas respondeca antaŭ si mem pri la destino eĉ de unuopaj atomoj de ĉiuj universoj". Neniam mi tiel parolos. Ĉiuj ordonkomandoj, pli-malpli hiperbolaj, inkluzive de la ordonoj mesiecaj, ne estas gustumindaj al mia palato. Ilia gusto estas aĉa, eĉ kiam oni fermopremas siajn nazojn ekde jarmiloj por ilin repuŝi gorĝofunden. Se iam ajn mi parolos, okazos por denunci vipilojn, perfortojn kaj profetajn ĉantaĝojn. Ekzistas nur unu maniero paroli, kiu al mi plaĉas, eĉ fare de la Dio de la Savantoj; tio estas esprimi klare kaj nete la penson, sin preventante ĝin ĉikani, altrudante al ĝi la jugon de aŭtoritateco, kaj absolute evitante konservilojn por konfitaĵoj el devotrudaj doktrinoj. Al vortoj sufiĉas la pezo de konceptoj por descendi teren kaj marŝi liberaj kaj sanaj.

Mi malkonsentis kun la grafino, fakte, kiam ŝi fariĝis instruema, kiel mi jam estis malkonsentinta kun la instruistoj ĉiukategoriaj.

Mi telefonis al ŝi de la Stacidomo Termini fruvespere, tremante pro la malvarmo sed gaja esti tiom al ŝi apuda post dujara separiĝo. Tiam mi ĉiam atendis retrovi la personojn senŝanĝaj en la sentoj kaj mi konsideris amikecon absoluta realaĵo. Mi rekonis ŝian voĉon el unusilaba vorto. Ronda kiel ĉiam kaj muzika; ĝi sonoris orkestre. Ŝi ne diris "halo" aŭ aliajn mort-

emulajn vortkutimojn, sed prononcis: "Jeees?". La demand-
emo estis invito, tute ne sekuriga, el atendokavaĵo. Tutcerte, iu
jesado supreniranta cenzurcele; kaj ĉio dependas de vi. Iam ŝi
diradis fantaziajn delicojn per tiom viva memplaĉo, ke tio ofte
transdonis al ŝi tremeron, signo por mi de fragila vaneco, alloga
krismo de la ineco. Kaj ŝi plu vivis por miaj rigardoj. Nun ŝi
alfrontis min per nova firmeco, kiun ŝi ne mildigis parolante, sed
ŝi sin tenis ĉe klara plano de oficialeco, preskaŭ entreprenista
afableco. Pri la kutima amemo, pri ŝiaj petolaĵoj neniu spuro. Du
jaroj estis pasintaj. Kial ne povintus pasi amanto? Ŝi ne alkuris
min akcepti. Ŝi ne povis min gastigi. Ke mi venu al ŝi morgaŭ,
post la dua horo.

Mi ne demandis, kio okazis al mia valizo kun la mono. Ekde
la tago, kiam mi forlasis ŝian domon, ignorante ke tio daŭros
por ĉiam, mi estis senmona: kaj nun mi estis kaŝe vojaĝinta,
malsata, al la certeco de ŝirmejo, kiu estis perfidata. Noktiĝis.
Por pasigi la tempon kaj batali kontraŭ la malvarmo, mi decidis
tramarŝi piede la urbon.

Ĉirkaŭ noktomeze, mi atingis la kafejon, kie ni kutimis halti,
kiam ni eliris el la teatro ankoraŭ ekscitoplenaj kaj emaj malfrui
konversaciante.

Mi tien enris. La mastrino, kiu neniam antaŭe estis al mi
adresinta pli ol ridetaludon el sia tablo, por replonĝi en la pezan
etoson de siaj tristaj pensoj, ĉi virino, kiun cetere mi ne emis
konsideri, venis al mi renkonte kaj diris al mi, ke mi bone agas
ekaperi ĝuste ĉi-vespere kaj ĝuste je la fermohoro. Sen malhasti
por klarigi ion al mi, ŝi min invitis sekvi ŝin al la supra etaĝo. Ŝi
kondukis min en ĉambron, kie eta ĉinino tuj leviĝis el la lito kaj
per paŝo kaj sinturno kvazaŭ manekena, survestante sian nuran
korpon, sin al mi montris ekspone kaj klinis sian kapon. Poste la
mastrino min vokis eksteren por diri: "Mi scias, ke al vi plaĉas
la virinoj 'frifrik'; kaj ĉi tiu estas escepta belulino, kiel vi povis
certiĝi. Morgaŭ ŝi foriros; kaj mi volas donaci ŝin al vi".

Mi komprenigis al ŝi, ke mi estas ofendita, ke oni al mi atri-
buas tiujn bordelajn gestojn, kaj mi juĝas nepardonebla insulto
la oferdonon al mi de iu putino. Aŭ mi devas ĝin konsideri mal-

respekta aludo al tiu, kiu iam min akompanis? Se ŝi volas, ke mi ŝatu ŝian gastamon, ŝi invitu min sialiten. Alimaniere, konvenus al ŝi tute ne kuraĝi. Kvankam mi tion diris por ŝin iriti, certe ne por ŝin mildigi, ŝi estis de tio tre flatita kaj min petis atendi ŝin ĉe la flava junulino, ĝis ŝi estos ferminta la kafejon. Kaj antaŭ ol ŝi foriris, ŝi alsagis al mi kison per sia dura vulpa muzelo, vibrigante per la lango rapidan ektuŝon sur miajn lipojn.

Ĵus vidinte min reveni, la ĉinino ekronronis el la lito; kaj apenaŭ mi alproksimiĝis, ŝi elkliniĝis por min kapti per volupta precizo, boj-jelpe. Mi donis al ŝi frapegon sur la frunton, kiu devigis ŝin retiriĝi mirsurprizite, sen la minimuma kuraĝo sin movi. Mi ekkuŝis sur la liton, kun la intenco iom ripozadi, sed la dormo min venkis, igante min malfermi la okulojn nur tagiĝe. La junulino malĉeestis. Mi leviĝis kaj laŭiris la koridoron ĝis mi ekvidis, tra pordo duonfermita, la mastrinon dormanta aŭ kiu fintis dormon. Tien mi eniris. Estis la nura momento, kiam mi eksentis altiron, eble pro la haroj disaj sur la kuseno, subtilaj kaj glataj, aŭ pro la piedeto, kiun ŝi lasis pendi ekster la kovriloj. Kaj imagante, ke ŝi estas koleriĝanta aŭ ofendita, mi decidis al ŝi paroli softe, kiel al iu, de kiu oni atendas torporiĝon, por senhonte diri al tiu prisilentitajn verojn. Vidinte neniun signon manifestiĝi kaj ĉar ŝajnis al mi neeble, ke ŝi ne aŭdis min, mi ekkuŝis apud ŝin kaj reprenis mian justan dormon.

Mi vekiĝis ŝin ekvidante min rigardadi, dum ŝi kombis sin. Ŝi ĵetis al mi sian kombilon surliten, forirante. El la kafejo suprenvenis delicaj bonodoroj, apud mi la astestilo de ŝia furiozo. Mi ne min demandis pri la maniero rebonigi la ofendon kaj kiel mi refariĝu al ŝi agrabla. Al mi ŝi ne gravis; indiferenta min trovadis ŝiaj sentoj; nek min scivoligis la nenio de ŝia konduto kaj de ŝia vivo. Mi estis nur pasanto haltinta tie por ripozi.

Romo estis griza; nubegoj nigraj pasadis kiel deportitoj sur ĉielo plurdimensia, por amasiĝi en tumultoplena koncentrejo sur la fono.

Nun mi ĉirkaŭpaŝis la palacon, kontraŭpuŝiĝante ĉe iuj anguloj al polvozaj ventoskurĝoj: kaj, intermite, mi demandadis pri la horo kelkiun de la hastemaj preterpasantoj.

Kiam mi decidis eniri korton, elkateniĝis fortega pluvskualo miksite kun hajlo, sinkrone sin estinganta ĵus kiam mi povis ensalti sub la pordegon. En la spegulo de la lifto mi aperis al mi mem simila al heroo superinta mil danĝerojn, duondrola kaj duonferoca, kun harbuklo algluita surfrunte kaj kun vizaĝo flamiĝinta pro la kuro.

Ŝi rigardis min per esprimo de ironia eltenemo, kaj firmtenante la pordon per ambaŭ manoj, diris al mi "eniru" hezite kaj mokeme, preskaŭ subkomprenigante, ke oni de mi povus ĉion atendi, sed ĉefe fuŝaĵojn kaj seniluziiĝojn. Ŝi refermis la pordon kaj forpaŝis, ordonante al mi tie ĉi atendi.

La tuko mola, eble silka, de ŝia pantalono, ne tro bela novaĵo, volvadis ŝiajn flankojn tiamaniere, ke ŝiaj irmovoj havis ion irite ĉevaleskan.

Mi min demandis, ĉu trateksadis venĝon, tiu virino, kiu – dum tempo tiel fora – plurajn noktojn estis min atendanta en la mallumo malantaŭ la duonfermita pordo, aŭskultante miajn softajn paŝojn venantajn el la ŝtuparo, por ĝin apertegi ĉe mia alproksimiĝo kaj min stringi en la ĉirkaŭvolva parfumo de sia brakumo, kaj min mordeti susurante "fripono", dum mi havis la senhonton levi ŝian jupon por intima saluto.

Ŝi revenis el la kuirejo kun la spiro aromanta je kafo, kiu rakontadis pri etosoj forperditaj. Ŝi pritaksis per okulumo la akvoflakon, kiun mi estis ŝutinta kiel malseka pluvombrelo.

Mi devis ŝin sekvi en la studĉambron, kie ni kutimis legi Camus kaj Kirkegaard. Kie ŝi estis ĝuinta mian genian inteligenton kaj miajn kisojn sincerajn. Ŝi eksidis malantaŭ la granda skribotablo marketrita, stapligis paperaĵojn, farante ĉirkaŭ mi vakuon je "n"-atmosferoj. La memrealiĝinto ne bezonas komunikadi. Li, kuntiriĝinta en sia beatiga esenco, limiĝas respondi la postulojn de l' mondo, por doni helpon. De tio mi tuj ricevis konfirmon, aŭdante ŝin respondi ĉe la telefono. Kia memŝvela kaj repuŝa spirita gvidantino ŝi estis fariĝinta, por disperditaj bezonantoj de konsolo!

Ŝi iam ne permesadis, ke la telefono nin ĝenu. Inter la mondo kaj ni estis nur pakto de nemilitemo.

– Ekde kiam vi naskiĝis – mi diris malŝate – vi ne sukcesis fari friponaĵon pli perfektan ol ĉi tiun.

– Ni neniam naskiĝis – ŝi respondis al mi, per nepravigita furiozo por enigmo tiel pretendema kaj vaka, sed kiu certe esprimis bone ŝian rankoron.

– Eblos! Sed la tago ekde kiam vi kreteniĝis estas freŝdata. Ekde la perdo de la lasta faluso.

La bela maretosa pentraĵo de iu napola makulisto estis anstataŭita per flaveca gigantografio skeme simbola pri la okultaj homaj korpocentroj. La loko de la antikva akvaforto bildanta koit-scenon estis okupita de la detalplena foto de iu guruo. Ŝi, kiel sankta monaĥino, mallevis sian rigardon, ĉe miaj ofendaj vortoj, koncentriĝante en sia delica memintimo.

El la kalmo de siaj akvoj, ŝi do leviĝis por min instrui.

– Eliru, do, el Majao, revenu al la pordo el lumo. Turniĝu: vi ĝin kovris per via memo.

– Belegaj vortoj. De kiu kateĥismo de adeptino estas ili la farunprodukto? Se vi estas vere ŝanĝita kaj eniris en iun Olimpon, parolu al mi pri ĝi kaj pri via stato.

– Venu kaj rigardu.

– Mi ne eltenas la nediradon kiel signon de la maksimumaj enhavoj de la pura spirito, kiu altiras stultulojn kaj sanktulojn: temas pri mizeraj trompoj. Ni redaktu inter ni sekretan traktaton, se ankoraŭ ni havas tempon, iun *pripensakson* por nekonata entrepreno, iun ludinsulon. Ni interkonsentu, ke ne ekzistas realaĵo abstrakta, kiun la lingvaĵo ne povus prituŝi, malgraŭ la nebulumaj okultistoj klopodas akrediti sian neniomon, senvalorigante la vortojn. Nek valoras la alibio, ke la aliuloj ne komprenus: de neniu oni povas postuli pli vastan devon ol diri tion, kion li kredas scii; kaj li estas liberigita de la respondeco pri tio, kion la aŭskultanto povos kompreni aŭ ne kompreni. Ni ambaŭ, solaj, nin kunligu en bona konfidemo: parolu!

Ŝi min rigardis severe.

– Vi serĉas informojn!

Nur post kelkaj tagoj mi komprenis la insulton. Ŝi estis min taksinta spiono, ŝtelisto de kopirajto.

Ne kiel gnostikulo, eĉ malpli kiel raciisto, mi min detenas de la fideisma romantikumado devotoplena, de kiu ajn hermetika scio, de la medito-teknikoj kaj de la pado al iluminiĝo; ĉio ĉi, kun sia tromprezulto, jam estas pruvita. Sed mi alstrebas al absoluta maldensiĝo, al maksimuma vaku-enhavo: por kapti la helosparkojn de l' mallumo. Pri ĉio, kio povas konsistigi scion, senscii mi volas: la veraj mondoj nun ekzistantaj estas eĉ ne tiuj plu nekonataj, sed tiuj, kiujn la nekonataĵo ne entenas, kiel same la konataĵo, kaj ne estas tiuj de la nekoneblo al kiuj strebas ĉiu alkemiisto ŝtoniganta. Mi volas paroli nek kiel pastro (inicito sengusta, kiu anstataŭ ĉiam nei, ĉiam jesas, kun granda iritemo de la enketantoj), mi ne volas paroli kiel esploristo, nek kiel ludanto de sorĉofluto *piĉemula* aŭ *nimfokonkeranta*, avida je trezorujoj perfortotaj, je trezor-sekurejoj priŝtelendaj (la esploro pri la Vero, nun mi scias, estas la plejsupera perforto: kaj sur tion descendu tuj la suspekto, ke mi ŝercas aŭ ludas), kies vera celo estas korpa dormo plata en la ŝvito de la ebria sinforgeso. Tion, kion la vorto povas enkapti, mi ne plu volas; kaj la inteligento, la sentumoj kaj la pretersentumoj, *blanka paĝo*: forigu eĉ la *paĝon*. Forigu la certecon, kiu elektas inter necertecoj, la certecon, kiu estas deviga elekto reduktiga de iu necerteco, la certecon esotera prizono, la materia paŭsado engipsumanta ununuran movon, la *mumi-senrealo* de la scio. Oni ne superruzas la regopovon per la rezigno pri la posedo, sed forrifuzante la scion. Esti iu MiNeScias, kiu scias, kiu ne lasas sin enkaptiligi fare de la sciataĵo ĝin repaŭsante, iu naiva MiNeScias, kiun la naiveco ne logtrompas en sian labirinton, iu MiNeScias nekoruptota fare de iu MiScias morgaŭ, por kiu eĉ la biblia kono estas iu MiScias morgaŭ: esti iu MiNeScias post sinduŝado. Eĉ ne tiam min interesis ekposedi informojn (mi serĉesploris la komunikadon: la firepuŝa sinkonfuzo kun la aliulo), bulimio de la menso engorĝiganta nutraĵon ĝis ne povi eĉ movi la fingrojn al si mem. Mi imagas vidi la Logoson plurforman, kaj imagas eĉ Ĝin formeti, ĉar pridemanditan, kaj povi plu diri: mi ne scias! Vi ne estas sufiĉa risko por mi.

Tia, mia monstra orgojlo. Kontraŭ ĝin splitrompiĝas ĉiu povo. Tial ĝi estas Peko.

Serioza, je la seriozeco sombra de siaj sampensuloj, kiuj, perceptinte manki je spontana bonhumoro, kultivas la gajecon, ŝi daŭrigis:

– Vi helpadis ĉi tie, kaj helpon vi ricevos sepoble sep fojojn.

– Pli precize mi estis helpinta vin kaj ne ĉi tie, kvankam mi ne *tiun* konsideras vera helpo. – Kaj estis iu *tiu* aluda kaj maliceta.

Mi bone sciis, male, ke ŝi rilatigis sin al la inica rolo de la penklopodo, kiun ŝi estis trasuferinta pro mia subita malapero. Ŝi devintis konsideri definitiva mian malĉeeston, por ne morti per la lantaj torturoj de la espero; kaj pro tiu malĉeesto nun ŝi devis altrudi al si mem esti al mi dankema, por ne retroiri al la despero devige agnoski, ke estis vana eĉ la rezigno pri vantemo.

Sed ankaŭ mi, plenaliĝante al subita rifuzo pri la kompreno, kiel pri puto jam putriĝinta, frostiĝis en la malico de iu suspekto: ke ŝi jam ĉerpis el mia trezoro. Kaj ĉu ŝi estus ĝin foruzinta por bonfarado ĉiudirekta? Ĉu al ĉi tia "helpo" estis ŝi eble aludinta? Mi ektimis. *Tio estus laŭ ŝia karaktero!* mi konsideris. Mi estis ŝin demandonta pri la valizo, sed ŝi ne havigis al mi la tempon.

– Vi nur ofendadas ĝismorte kaj priplendas viajn skrap-vundetojn. Estas tempo, kiam vi humile akceptu, ke vi bezonas helpon kaj helpo alvenos.

Sed rigardu, mi pensadis, la Inicitino povas esti "morte vundita". Kaj ŝi limiĝas je la "skrapvundetoj", la delikatulino. La arogantulino.

– Humile, bonedukite, mi postulas de vi nur mian valizon, apelaciante al via afableco kaj ne al mia brutala rajto.

– Mi ĝin al vi donos ĉe via eliro.

– Se tio estas kondiĉo, mi tuj eliras; sed estus pli afable lasi min tie ĉi sidanta por ripozado, dum vi iras ĝin preni.

– Ĉi tie vi ne povas resti, se mi foriras. En tiu ĉi studĉambro estas energioj, kiuj vin neniigus, se ilin ne ekvilibrigus mia ĉeesto.

– Lasu do min traĝui la tempeston! Kiel pokerludanto, kiu neniam transas kaj preferas ĉion perdi nur por vidi.

- Se vi serĉas skuegon, vin adresu al Enel[3]. - Jam ni estis falintaj en vulgarecon de la geamantoj sin reciproke rifuzantaj.

- Mi klopodas nur foriri.

Mi retramarŝis meditoplene la korton kiel almozulo, kunportante tutan bankon en la valizo.

Kutime: sin deklari grandaj kaj postuli de la humiluloj la humilon. Estu humilaj la potenculoj, la popoj kaj generaloj, la partiaj sekretarioj; kaj tiam mi koncedos, ke humilo estas virto. Ĉu la mizeruloj, la ŝafidoj, la vermoj devos esti kulpigataj pro orgojlopeko? La sekretaj majstroj, la spiritaj astroj, tiuj rigardantaj el la altego havas la eblecon, la meriton kaj la devon je la humilo. Sed ajna vivoformo, mi aserte subtenas, havas la rajton paroli egalnivele kun la hindua Triunuo.

---

3   Itala elektrodistribua kompanio.

ĈAPITRO VII

Mi estis, do, libera kaj sen malamikoj, preta komenci la aventuron kaj pasi inter la mortemuloj kiel vojmarŝanto scivolema kaj inklina amuziĝi per la spektaklo.

Kaj ĉar mi kredis esti naskiĝinta, al mi ne malplaĉis nombri miajn dekok jarojn kaj kvar monatojn. Al la studemuloj pri astrologio mi lasas atribui al mi zodiakan signon, kiun mi neniam akceptus.

Mi rekomencis legi intense, sed en maniero pasie sovaĝa, lasante min gvidadi de la tiumomentaj scivoloj, de la subita ekŝato por temo, serĉesplorante ĉiujn librojn de iu aŭtoro, kiu min allogu per sia aparta stilo.

Mi ne elektis hejmon. Mi ne sciis, kie mi volintus min setli kaj, tial, mi vivadis provizore en hotelo, sed, eĉ malŝparante tiel la monon, mi povis plu malhelpi la ŝanceliĝon de la estonto.

Mi havis la tutan deziratan tempon por decidi ion ajn, eble la tutan vivon por nenion decidi. Mi ĉesis, tamen, aĉeti librojn, pro spacokialoj, sed ĉefe ĉar mi malkovris la Universitatan Bibliotekon, kie mi ekskursadis tra miloj aŭ milionoj da titoloj, aŭtoroj, fakoj, avida je pensoj, je arto, je la fantasto. Ĝis mi renkontiĝis kun Proust, la plej fascina, la plej granda el ĉiuj rakontistoj. Jean Santeuil iĝis mia elektita amiko: nun mi sciis, ke iu havis jam sentemecon similan al la mia, iu kun kiu mi vere estus povinta komunikadi, kun kiu mi ja komunikadis. Pro ĉi unika ebleco komunikadi, la verkado estas la plej vera kaj plej granda homa invento. Kaj Proust: dekdumil paĝojn da ĝojo!

Mi luprenis apartamenton en la najbaraĵo de la biblioteko kaj mi iĝis fikse kutima leganto. Mi estis trovinta mian okupiĝon. Tiu periodo de ekzistado, laŭŝajne sidsenmova, estis la plej emocie intensa en mia vivo. Mi estis feliĉa. Tiomis la atenda deziro, matene, rekomenci la legadon, ke foje mi jam estis ĉe la pordo eĉ antaŭ la oficistoj, por kiuj mi fariĝis bona amiko, al kiu gardi aparte ties legatan libron, por ŝpari al li la atendon ĝin retrovi en ĝia kutima loko, sur ĝia etaĝo, sur ĝia breto. Kaj mi estis tiom konata al la ceteraj studemuloj, kiuj, antaŭ ol sidiĝi por sin alklini sur paĝojn de la volumoj de ili elektitaj, ĉe kiuj oni havis la pudoron ne scivole okulumi, adresis al mi rideton kaj leĝeran kliniĝon, kiun mi reciprokis per kapomovo. Inter ili la plej asidua frekventantino, preskaŭ kiom mi, de tiu loko, kaj kiu sin lokis kiel mi apud fenestron, sed sufiĉe for de mi, estis belega gigantino, la plej altkreska homestaĵo iam ajn renkontita, eble duoble mia staturo. Malfrutempe, sed ankaŭ ŝi ĝisatingis la serĉon de mia rigardo antaŭ ol eksidi. Kaj kvankam ni havis neniun alian interrilaton krom ĉi respektoplena konsidero, mi kredas, ke neniu el ni estus leginta per la sama kontentiĝo sian aŭtoron se, iumatene, la kalva vireto kun la griza barbeto, kiu havis pacan rideton sur la karnozaj lipoj, estus forestanta, aŭ oni ne estus vidinta aperi la gigantinon, la olduleton kun okulvitroj aŭ min. La gigantino, fakte, iun tagon ne venis kaj ni reciproke interŝanĝis plurfoje demandan rigardon. Sed ŝi ne videblis eĉ la postan tagon kaj neniam plu. Oni scias, iu finas tiun studadon por la doktoriĝa disertacio; aŭ gajnita konkurso onin vokas al alia urbo; kaj la personoj, por kiuj oni estis unu el la ĉiutagaj rilatpunktoj, ne plu gravas, estas forviŝitaj. Kaj ni nin rigardis, dum pluraj tagoj, kun ĉi doloro, kiun nur ni povis kompreni, esti jam forviŝitaj, esti perdintaj la kutimon de tiu kompanio, diskreta kaj fora kiom ajn vi volas, sed jam tiom kariĝinta.

Estis ankaŭ periodo de profundaj dormoj, svarmanta je fantazioj kaj sonĝoj. Mi frekventadis teatrojn. Mi havis agendon, kie mi skribis la spektaklojn, kiujn mi intencis spekti, la koncertojn, kiujn mi volis aŭskulti. Mi ĝin ĝisdatigis akurate, kiel la advokatoj por siaj aŭdiencoj.

Ne ĉiam mi rehejmiĝis per taksio. Kiam la teatro ne tro foris de la hejmo, mi profitis por retramarŝi piede kelkajn stratojn de Romo, por pritaksi la rememorojn per la intelektula ekscitiĝo estigita en mi de la gustumita teatro-prezentado, ĉe sentimento de korpika malĉeesto, eĉ se korpika ĝi tute ne estis, eĉ se tia sento ne havis objekton. Mi nenion pribedaŭradis, pri nenio mi sentis nostalgion, eĉ se obtuza nostalgio en mia memo kovadis. Kaj kiam mi ekvidis prilumitan fenestron, inter la tiomaj jam senlumaj de iu palaco, mi estus ĝin atinginta eksalte, se mi ne estus havinta tioman respekton por la privata intimeco, kaj mi estus dirinta: "Sinjoro, aŭ Sinjorino, ĉu ne veras, ke estas noktoj malsamaj ol la aliaj, noktoj dum kiuj oni kulpas dormante, noktoj metitaj je iuj vojkruciĝoj de l' tempo, noktoj havantaj specialan signifon, kvankam oni ne sukcesas tion aserti?"

Mi sendis kartojn al la geaktoroj, al la reĝisoroj, kun notoj pri la spektaklo, notoj, foje, ne perfekte kompreneblaj, mi tion agnoskas, por tiuj ne konantaj la kurson de miaj pensoj kaj nome por iu ajn, krom por mi. Ofte mi ricevis respondon, kiu neniam mankis esti seniluziiga pro konsentebleco, kaj mi restis akurate surprizita pro la fakto, ke artistoj povis sin esprimi tiel banale. Sed iun fojon aktoro respondis al mi per letero, kiun mi povintus skribi en momento de feliĉa inspiro: detaloplena letero, preciza kaj profunda, koncernanta la spektaklon pritraktitan kaj arton ĝenerale, en kiu li asertis, hazarde, ke ankaŭ mi devas esti granda artisto, se mi estis kompreninta tiel profunde lian ege rafinitan arton, tiom ke mi al li rivelis gravajn aspektojn de ĉiuj preterviditajn, kaj eĉ de li mem. Kaj estis stranga aserto, ĉar ĝenerale la artistoj havas, tio veras, grandan estiman koncepton pri sia arto, sed koncepton, kiun ili ĉiutage kultivas, igante ĝin mito, por ne devi sin mortigi. Sed ili havas samgrandan timegon sincere rekoni eĉ la minimuman eblecon de arto ĉe iu alia, kiu ne estu unu ilia antaŭulo jam mortinta. Kaj tial la karto donis al mi senton de vertiĝo, kies kaŭzon mi tiam ne sukcesis percepti, kaj mi ne respondis al li. Sed mi iris al alia debuto lia kaj tiom min entuziasmigis lia recitado, ke mi devis lin viziti en lia kabineto por lin gratuli kaj liveri al li mian mirigan deklaron, ke li ne havas similvalorajn kolegojn en la mondo.

Li sin montris feliĉa min ekkoni kaj ll volis, ke mi lin atendu, dum li forigis sian ŝminkon. Dume li multe paroladis, preskaŭ anhele. Li montris al mi florofaskon, antaŭ ol ni eliris, dirante al mi: "Alia admiranto, sed de la speco, kiun mi malŝategas. Kaj krome, estu inter ni dirite, min la floroj naŭzas: ili estas nur monstraj seksorganoj." Lia konversacio estis el la plej brilaj kaj inventoplena. Oni nin elĵetis el kelkaj kafejoj, kiuj estis fermiĝantaj kaj fine li volis min konduki siahejmen. Sed mi devas al li rekoni la plej dignan honestecon: kiam mi estis akceptinta, li tuj faris al mi siajn proponojn, per afableco neeble pliboniginda por tiaj klarigoj, eĉ se per la plej senornama formulado, kiun la lingvo permesas sen ajna memplaĉo. Plaĉis al mi, ke li evitis kunbalbuti sentojn, haste kunmiksi kormovajn historiojn, klopodante nobligi la aferon.

Mi certigis, ke mia respekto kaj mia admiro por li restadis senŝanĝaj. Kaj ĉi tie li diris tion, pri kio poste li estos havinta kialon por pento.

– Kaj ĉu vi ne povus konsenti pro kompato?

Sed la kompato estas malpli deviga ol la perforto.

– Mi vin certigas, ke tio ne estas tro peza sinofero. Ĝi estas eĉ ne malbono tro malbona, korpa kaj psikologia (li prononcis: pisikologia; profesia skando kondukita ĝis eksceso – min li mirigis).

– Mi admiras vian arton, sed la tuta ekscito, kiun ĝi sukcesas al mi transdoni, estas je naturo pure intelekta.

Li diris: "Adiaŭ". Kaj poste plu, forirante: "Kia honto".

ĈAPITRO VIII

Ĉe mia fenestro, la neĝo tegis la malkvietan kapricon per pala rozkoloro kaj, dum la rigardo tie haltis, mi forpeladis kortuŝajn memorojn kaj nostalgiojn.

Per animo pura kiel la taŭzita pasero, kiu spikumadis sur la trotuaro, per la militema paŝado boto-ekipita, enkapuĉita en la mantelo peltohava kvazaŭ reĝo, mi iris por renkonti Melkicedekon. Kaj kvazaŭ la unuopaj homoj ĝuus, pro nedirektaj vojoj, la reflektitan meriton de la evolucio, mi benadis miakore tiujn, kiuj daŭre pasis ĉe mi apudaj.

La gestudentoj, la dungitoj portempaj ĉe la distribuado de la libroj, pro la eta moviĝemo en la frosta mateno, adresis al mi la parolon deziremaj pri konversacio. Kaj tio, kion ili trovis interesa, estis mia posedo de domo tuta por mi; kaj ĝi fariĝis, tre baldaŭ, elektita kunvenejo por duona universitato.

Estis iuj, kiuj haltadis tie ĝisnokte kaj, post kiam mi estis enlitiĝinta, plu parolis al mi ĝis mi endormiĝis; poste tiuj eliris fermtirante post si la pordon. Estis la frumatenuloj, kiuj vekis min kunportante kafon en la termotaseto kaj haste min instigis por eliro. Ili venis unuope, grupe, arope.

Poste, pro la multaj riproĉoj de tiuj min ne trovintaj kaj la multnombraj anoncitaj vizitoj, mi ne plu povis forlasi la domon eĉ dum unu horo. La anarkiemuloj frekventantoj de mia hejmo jam iĝis la objekto de mia tuta engaĝo. Pere de mi, okazadis inter ili intensa ide-interŝanĝo. Oni pridiskutis ĉian planedan problemon kun la pura alstrebo trovi por ĝi solvon. Ĉiam akuzite revenis la povo de interesita malico.

Ni, do, fondis sekretan societon (kiun ni nomis *La sanktega trompo*), kies anoj devis havi la taskon alstrebi la kolektivan intereson, uzante la nesuspekteblan ruzon ĉiam finti personan intereson; vualigi per demagogio ĉiun ideon, kiu povos fortiri, elde la apogo de la povo, nodon malimplikotan, aŭ konflikton, kiun ĝi povos solvi. Plano naiva kaj jam malnoviĝinta, nun kiam la *divide et impera* estas anstataŭita de la progresinta devordono unuigi la mondon por ĝin definitive regi. Kaj tamen estas, plue nun, ne senalloge imagi, ke oni povas puŝi el la interno (el ŝlosilaj postenoj, atingitaj ne ambiciocele aŭ per karieremaj framason-koterioj, sed pro sekreta kaj nobla sopiro) la potencohavajn "jurajn personecojn" ekzistantajn, ĝis ĉi tiuj vere plenumu la celojn deklaritajn de siaj statutoj, pretekstoj de ilia fondiĝo. Estas la unua sekreta societo konata en la mondo sen iu ajn bezono pri organizado, estante mem ne profit-riceva benefic-organizo. Ĉiu membro estas akolito kaj hierofanto. Je sia memdecido kaj je sia risko li povas honorigi individuojn per la abstraktaj titoloj de "Princo de la Resanigo" kaj de "Kavaliro Ruza". Ne ekzistas hierarkio, ne ekzistas ordenoj, taskrespondeculoj kaj procesoj. Neniu scias kiel tio disvastiĝas, kien tio serpentumas, malantaŭ kia agogesto de asocio, de eklezio, de konsilantaroj kaj parlamento tio determinite laboras aŭ ensabliĝas.

Se ĝi kreskis aŭ mortis naskiĝe, tion mi ignoras. Sed certas ke, inter la salono kaj la dormoĉambro, mi renkontis belajn inteligentojn, kiuj igis al mi neklarigebla la misteron, kiel la socio, en sia tuto, povas esti tiom stulta, kiel ĝi povas tiel pasive malvenki je ĉia ĉikanado de la individuo, kaj por sin detiri, ĝi ne trovas aliajn rimedojn ol aferumi ĉe *friponadoj*.

Mi plu serĉis logikon, kiu rajtigu la optimismon por la futuro, malgraŭ la malsukcesinta plano de la historio, kiam karnavalo alvenis kaj miaj geamikoj pretigis feston. Kaj dum la ruĝhara Lorinjo formetis la puloveron, varmiĝinte pro la balo, kaj nun ĝin alstreĉis antaŭ sia kapo kvazaŭ tunelo por privataj revoj, mi tien min montris kaj diris al ŝi: "Mi hastemas konsumi la vivon." En la flava lumo, kiu travideblis, ŝi haltigis bluan fulmon de la grandaj okuloj; kaj ŝi elglitis blovante, kaptite de troigitaj varmoefektoj.

Pri amo paroladis Platono. Nun pri ĝi parolas la reklam-industrio kaj de ĝi spasmas ĉiu kretena rolulo de la televidfilmoj. Amo estas jam fetora kadavro, kies stinkon la alkutimiĝintoj ne priflaras. Kial miri se amo tuj eniris niajn interparoladojn, kvankam ĝi iom min embarasis? Mi neniam prononcis ĝian vorton, pro mia respekto al ĝi. Mi neniam ĝin elparolis en mia vivo, ĉar tion farante estas ĉiam sin kontentigi almenaŭ interŝanĝi ion relativan kun la absoluto. Mi diras, ke ne okazis sufiĉe da eventoj inter Ero kaj Leandro, por ke oni diru, ke ili sin amis. Cetere estas preskaŭ necese maski per deca mensogo la skandalan nudecon de la inteligento. Ĉi tio tiom veras, ke estas la edukistoj mem vin puŝantaj al ĝi (temas preskaŭ pri ilia tuta tasko); kaj ili tion faras insisteme, se necese perforteme.

Mi lernis en la preĝejo la neceson pri la mensogo, genu-fleksinta ĉe la konfesbudo, min pretigonte fari la unuan kaj las-tan komunion. Diris al mi la pastro: "Konfesu viajn pekojn!".

– Mi estas senkulpa – mi respondis, per memkomprenebla senĝeno.

Mi estis submetita al longa pridemandado, kaj akuzite fine elturniĝis primoki la Sakramenton.

Genuklinĝu antaŭ la altaro kaj preĝu al la Virgulino kaj al Dio, ke ili vin prilumu. Restu en aflikto kaj ekzamenu vian kon-sciencon. Rekonu viajn kulpojn. Rekonu kun humilo esti neinda je la Tablo de l' Sinjoro kaj Li havos al vi kompaton: Li savos vian animon. Gloron, Gloron! Gloron al la Patro!

Mi terkliniĝis afliktite ĉe la altaro kaj, inter larmoj, tiel mi preĝis: "Igu min pekinto kiel la aliuloj. Redonu al mi almenaŭ la rememoron pri unu malobeo. Sinjoro, mi tute ne sciis, ke necesas de tempo al tempo peki, por esti bona kristano: neniam iu diris tion al mi!" Ĝis mi estis iluminita.

Mi reenviciĝis ĉe la vico de la knabetoj pretaj por la pento-faro, kontenta esti trovinta al mi mem iun pekon kaj dezirema ĝin konfesi.

Ĵus kiam mi estis genuiĝinta sur la lignoŝtupo, mi diris: "Pardonu min Patro, ĉar mi pekis".

– Diru, filo mia.

– Mi rompis la devon peki.

Je mia ega ekmiro, la pastro koleriĝis, eliris el la konfesbudo, min kaptis ĉe unu brako kaj min trenis al la sakristio. Per sia voĉo kruda kaj je la forta dialekta akĉento, kiu fuŝadis al li eĉ la latinon de la Meso, li ektondris la ordonon, ke la ceteraj knaboj revenu posttagmeze. Li min skuis, min ĵetpuŝis sur seĝon kaj, kun minacega mieno, li komencis min instru-riproĉi.

– Sed ĉu vi scias, stulta bubaĉo, ke Kristo mortis por vi!

Poste, dum la tutaj jaroj de mia adoleskaĝo, mi kredis, ke la historio de Kristo mortinta por ni estis eltrovita por ekskuzi Dion esti inventinta la morton.

– Mi scias, mi scias. Tio estis al mi dirita tiomofte! – Preskaŭ mi ekkriis, por venki la plorimpulson. – Sed ĉar mi ne estis tie. Mi neniam estus permesinta, ke oni Lin krucumu, mi! Se mi estus Lin konanta, al mi estus plaĉinta konversacii kun Li, ne permesante, ke oni Lin mortigu.

Strange, la pastro kvietiĝis post momento kaj, ankaŭ li sidiĝinte, eligis voĉon persvadan: "Estis Lia Pasiono. Tion volis Lia Dia Amo."

– Sed Li ne povis obstini morti por mi, se tion mi ne volis.

– Por ĉiuj, por ĉiuj homoj.

– Sed ne por mi. Mi tion ne estus permesinta. Eble, mi nenion povintus fari kontaŭ tio, se al la aliaj tio konvenis; sed se iu devis ja morti por mi, tiu devis esti mi.

Sanktulsimile, la dika pastro daŭrigis kun pacienco: "Ĉiuj ni bezonas Lin, por ke nia animo estu savita. Ĉar, kio ja estas ni? Etaj vermoj antaŭ la senlima maro, antaŭ la grandegaj montoj. Kaj tamen la tuta tero kun siaj oceanoj kaj kontinentoj estas nur sablero antaŭ la universo. Ĉu vi ne sentas vin etulo, vi, antaŭ stelplena nokto?

– Mi estas eta, mi tion scias. La universo estas ja tiom granda, sed mi ne estas mizera insekto kaj, pro dimensioj, la lakta vojo trovas sian spacon ene de mi.

Li volis interparoli kun mia patrino por doni al ŝi la sentencon de mia teologia nematureco. Kun granda honto de mia familio, parencaro inkluzivite, mi estis ekskludita de la unua komunio, tiun jaron. La sekvanta, tamen, mi iris certa superi la provon, ĉar min jam bone pretigis mia patrino.

– Vi konfesos mensogon.

– Ĉu do mi devos mensogi?

– Bone pripensu: se, mensogante, vi denuncas unu mensogon, ĉu, finfine, vi ne diras la veron?

Esplorhezite, la pastro akceptis mian ĝeneralan deklaron, prudente sin detenante starigi iun demandon, kaj li min absolvis, donante al mi kiel pentofaron la recitadon de tri Confiteor, kiujn mi ne eldiris por restarigi al mi justecon.

Por fari la komunion, aŭ por amori, vi devas akcepti, do, mensog-kompromison, almenaŭ pasivan. Dum la horo, kiu sekvis mian epikuran inviton, la multaj aferoj, kiujn Lorinjo diris, estis aŭ almenaŭ supozigis abstraktajn antaŭjuĝojn de tio, kio favoras al amorado. Restarigi logikan vicordon en tiu vortico, estintus entrepreno, eĉ se ebla, danĝera por ŝia mensa sano. Mi metis, tial, esperon en la estonto, kiel la mil profetoj, kies citado ne konvenas, konvinkitaj de la saĝo cedi la fadenon de la tempo al la senutila kajto de l' vero. Ŝi ne komprenis, aŭ ne volis kompreni. Mi diras, ke ŝi al si mem metis la fiktivajn kondiĉojn por cedi antaŭ tio, pri kio ŝi havis sopiron. Kion mi faru, se ankaŭ ŝi, por iom vivadi, bezonadis sin trompi? Ŝia korpo estis preta je la muzikokazo. Kiucele kompreni? Pli belas nenion plu kompreni: ne gravas la riskoj de la animo, se ili estas la prezo de volupto. Estis la unua brufesteno en mia apartamento kaj ĝi tiel bone sukcesis, ke la najbaroj nin memorigis la noktan horon, eĉ per la indulga afablo por la festa momento. Malsupreniradis la ŝtuparon, ridaĉante, miaj gastoj, dum ŝi malfruis ĉe la pordo por min kisi, ĵus kiam solaj. Kiel malmulte gravas la vivo, por ni ĉiuj, kiu sin oferdonas, finfine, al la unue veninto! Mi ĝin prikompatis; kaj tamen kun ĝi ludis.

Ni descendis surstraten. Kiom da arkaĵoj, kiom da pordegoj estis inter la mia kaj ŝia domo. Mi varmigis miajn manojn sub ŝiaj akseloj, kaj stringadis ilin ameme sub la molaj mamoj. Sur la aŭtobuso, revene, kuraĝigadis mian eferveskan sangon iu ŝirpeco da suno, sed mi plu klopodis ne pridemandi min mem, pro la emo, kiun mi havis respondi. Homo, en si mem, en la mondo, estas nenio: nur la socia homo havas ian konsiston, videblan korpon. Kaj al mi ne pretervideblis, ke por esti paro necesas iom ne esti. Tiel mi disŝiradis, kiel malnovan prinoton de koruptita masoĥisto, la ambiguan sencon de la vorto individuo. Virinoj havas alvokiĝon al kunloĝado. Lorinjo sin altrudis miadomen preskaŭ ne rimarkigante tion al mi kaj, laŭgrade, ŝi tie establiĝis kvazaŭ rifuĝintino, strange sena je rilat-ligoj. Neniu iam ajn ŝin serĉis, kvazaŭ ŝi estus vivinta inkognite. "Vi estas miaj kvardek tagoj en la dezerto" enigme mi ŝercis. Poste mi aldonis, sekvante fantomon kaj ne por ŝin flati: "Vi reprezentas la tentojn". Pleje de ŝi plaĉis al mi, ke ŝi devenis el Maremo[4]. Pri Maremo, tio, kion mi plej bone lernadis ami, estis ke tie estis ekzilitaj ŝiaj parencoj. Multe malpli mi ŝatadis ŝiajn kutimojn, krom unu: la sanktega priflego, sen idolkulto, de ŝia korpo. Ŝi okupiĝis pri sia korpo kiel pri la necesoj de infaneto, sen ekscesa frivolo. Ŝi portis sian belecon kiel la notkajeron, ne kiel armilon. Kaj ĉar mi pensadis, ke iu plaĉas aŭ ne plaĉas al vi, mi imagadis, ke en ŝi la splenda naturo, kiu min plu allogis, estis akirinta kondutajn nenormalaĵojn estigitajn de mistordaj perfortoj edukaj. Mi promesadis al mi, mem alkutimiĝinta al la perforta moro hipokrite bonvolema, ŝin purigi, tra la tempo, por konsumado nefigusta. Mi ŝin submetis al analizo senkompate logika, por ĉiu ŝia gesto kaj penso, kaj ŝi cedis dum monatoj. Finfine ŝia pacienco splitiĝis kaj ŝia volo ŝanĝiĝi por min kontentigi malesperis pri la rezulto. Kvankam ŝi malŝatis sin mem pro tio, kion mi rifuzadis, ŝi ne sukcesis tion forigi: mi timas, ke ŝi teruriĝis de la vakuo. Ŝi sin terenĵetis, predo de sia angoro kvazaŭ demono, alvokante kompaton, kvazaŭ mi povus esti ŝia savanto, krom ŝia ekzekutisto. Kaj fakte, ŝia vera povo super mi estis la kompato, kiun ŝi al mi inspiris. Mi memoris, ke mia grafino estis dirinta, ke ĉe la vera amo ĉiam kunestas iom da kompato. Al mi plaĉis pensadi, ke tio eble estis la signo de mia amo, ĉar al mi jam ŝajnis sufiĉe, ĝis tiam, lasi min ami. Ankaŭ mi transdonis min al sufero. Kaj al mi ŝajnis juste postuli de mi

---

4   Teritorio en centra-okcidenta parto de Italio.

mem tion, kion ŝi, kredeble, povintus fari por mi. Mi subfalis volonte al ŝiaj deziroj, idoligante ŝian individuan integron. Mi marŝadis kun mallevita rigardo por ne ekfajrigi ŝian ĵaluzon. Se iu en la mondo povas esti feliĉa, mi ĵuris, ke tiu devis esti ŝi. Mi klopodadis fari ĉion al ŝi agrablan, elektita celitino de ĉia movo mia. Kaj kvankam mia tuta horizonto ne preteriris ŝian korpon kaj ŝiajn klaĉojn, ŝajnis al mi, ke mia prizonula stato ne estas sufiĉe akra, ne sufiĉe absoluta por povi forpeli iun maltrankviligan senton de ŝajnigo. Mi komencis utiligi ĉian rimedon de mia fantazio por havigi al ŝi plezuron, sed mi malkovris, ke ŝia plezuro estis ĝuste la manko de ĉia fantazio. Ŝia normala stato, verŝajne la nura ebla, estis la daŭra bezono suferi. Ŝi estis forpelinta, unu post la alia, miajn geamikojn, eĉ la plej diskretajn kaj devotajn, respektemajn pri nia intimeco, pro gravaj mankoj aŭ malafablaĵoj; foje pro la nura kulpo min trolonge depreni de ŝi. Ŝi timis, ke mi formalŝparos miajn energiojn, kies monopolon ŝajne ŝi estis akirinta.

Nun ni konsumadis solaj, kaj strikte apudaj, la tutan tagon; pri nenio okupitaj kaj neeksplikeble ĉiam engaĝitaj ĉe mil farotaĵoj bezonataj por la pretervivado, pri kiu ankaŭ mi lernadis la koston de la laciĝo. Vivi estas privilegio de tiuj, kiuj ne zorgas pri pretervivado. Oni povas aĉeti la bezonataĵojn per haltoj kelkminutaj en la butikoj renkontataj laŭlonge de sia libera vojmarŝo, sed oni povas eĉ malŝpari la tutan matenon por la samaj elspezoj: la farado ĉiam kuŝas en la farado mem. Ĉe la malĉeesto de ĉia okupado, la Hejmo povas fariĝi iu narcisa tirano, al kiu neniam sufiĉas la flegoj kaj vin devigas al ĉiam novaj taskoj. Por Lorinjo, kaj ne Lory (mi rifuzadis al la karesnomo la fremdan aroganton de tiu yo, kiu ne elvokivas la oron), la manĝoj jam iĝis tiom grave dilatitaj, ke ni ambaŭ devis pri ili okupiĝi la tutan tagon, ĉe problemaroj komplikaj, rezonadoj senfinaj, zorgopremoj nenaturaj. Mi estis perdanta la apetiton, ĉian apetiton. Ŝi alstrebis la definitivon kiom mi la definitive provizoran kaj, jam nun, mi povis esti kontenta nur kiam ŝi endormiĝis. Por resti kaŭranta enangule de mia stultiĝo. Ŝi estis pli kaj pli nervema kaj min ofte riproĉis. Iufoje ŝi ricevis histerian atakon, ĉar mi ne estis al ŝi rememoriginta aĉeti la salon. Mi petis ŝian pardonon, ke ŝi ne min devigu eliri nun pro tio; ke ni manĝu fruktojn ĝuste tiufoje, kaj nutraĵojn ne bezonantajn salon, fromaĝon kaj panon, nuksetojn kaj sekvinberojn, pinsemojn kaj mustardon, forigante ĉiun nutran mankon per kulerpleno da *müesli*. Ŝi agitiĝis, riskante krevon: "Sed kiu estas vi? Kiu vi? Kiu?" La insista demando donis al mi vertiĝon, kvazaŭ nekapteblan memoron; ĝi igis min senti min forperdita, kiel rimorso. Ŝi ne kvietiĝadis, kvazaŭ mi estus opresanta ŝian tutan ekziston. "Foriru" ŝi min alkriis, batante sian kapon kontraŭ la pordofoston. "For. For!"

Mi foriris. Mi kaptis nur la valizeton, la nuran aĵon, pri kiu mi neniam al ŝi permesis argumenti, pro kiu ŝi revenĝis, ne permesante al si min pardoni. Mi foriris, kiel oni ĉiam devus iri: postlasante ĉion. Kiam oni komprenas ne aparteni al la loko aŭ al la homoj, necesas foriri ne ĝenante, piedpinte. Eble ŝi kredis, ke mi cedis je la evidento de la bezono, ne tiom de la salo, sed por obei al ŝi bezono. Eble ŝi tion rakontos iutage, aŭ tion ŝi jam rakontas, tiel: ke mi estis elirinta por aĉeti salon kaj io min malhelpis reveni. Fakte, ne pensante pri la salo, mi ja eliris por ne reveni. Jam surŝtupare mi rememoris pri nenio plu, nenio plu min koncernis. Mi elmarŝis el la pordego, surstraten, per la svingo de tiu, kiu havas celon. Estis iri trankvile, sekvante miajn aferojn. Miaj aferoj estis nur, ke mi estis foriranta; kaj ili estis aferoj ekskluzive miaj.

Mi luprenis ĉambron; kaj subite eksentis malsaton. Mi vespermanĝis, traktante min mem, kiel lukula gastiganto flegas la preciozan kunmanĝanton. Mi hastis, poste, por iri al teatro. Post kiam mi estis perdinta cent spektaklojn, ŝajnis al mi katastrofo alveni malfrue tiun vesperon.

TRIA PARTO

ĈAPITRO IX

Ŝi venis el Tel Avivo: de tie ŝi estis forvojaĝinta en sia deksesa
jaraĝo kun violono; ŝi estis trakurinta la mondon, haltante
en la plej sanktigitaj lokoj por prezenti tie siajn koncertojn, ĝis
alveni je la fatala rendevuo (la fato ne ĉiam estas funebra: iufoje
ĝi koncedas senmortecon), unu el tiuj, kiuj laŭapere nenion
ŝangas, en salono de iu filharmonia grupo. Min scivoligis unue,
la maniero akcepti la aplaŭdon: ĝin ŝi enspiris, sin larĝigante,
portante la vizaĝon retroen, tiel ke la lumoj briligis la beatecan
esprimon. Kiam ŝi kliniĝis por danki, ŝia vapormola kaj trem-
etanta hararo elradiadis ondon da emocio. Kaj mi, kiu estas avara
je dolĉeco timante la falson, diris al ŝi: "Mia ĝojo!" lipopinte.
Ŝi ludis la Sonaton en La maĵora K526 de Mozart. Kaj jen la
neatendita signo de la spirito (pri kies ekzisto oni dubas aŭ al
kiu, ne dubante kiel la grafino, oni neas, ke ĝi trovas sian lokon
en arto, kiu estas pura vanteco – aserto kiu, se tiam ĝi rigidigis
mian suspekton, nun mildigas mian penon), skandi precizajn
geometriojn de la sublimo; kiu, krom diri al ni kiu estas Mozart,
diradis kiuj ni estas, mi kaj ŝi. Enestas tiom pli da realeco en la
sublimaj vantecoj de la Sonato ol en ĉiuj pretendemaj libroj de
spiritaj doktrinoj senstilaj.

Postsekvis la Sonato numero unu en La minora de Schumann.
Kiel mi povus al ŝi reciproki la ĝojon al mi donacitan? Kvankam
la aplaŭdoj havas precizan lingvaĵon kaj bone kapablas esprimi
la gradon de komunikado kaj, pro tio, je la taŭga momento, po-
vas rezulti plene kontentigaj, tamen mi sentas senmezura mian
ŝuldon al ŝi. Mi verkis tutan libron da poeziaĵoj, tiun nokton; kaj
en mi plu glugladis neesprimita voĉo. Ne la kredantoj, timemaj
almozuloj de la ekzistado, scias ion pri la spirito. La artistoj ne

havas la problemon kredi en ĝi: pri ĝi ili rakontas: ĝi estas, por ili, la pleja konkretaĵo. Mi neniam forgesos, kiom frapita de ekstazo ŝi estis, kaj kiam sekvis la Partio de Lutoslawski, mi certas, io en ŝi ŝanĝiĝis, en ŝia materieco. Ŝi estis pli fantomo ol korpo. De ŝi mi nur vidis diafanan ondumadon.

La lastan frapsvingon ŝi donis per la Sonato numero tri en Re minora de Brahms, igante min tanĝi ĉe la morto pro la ekstrema sufero.

Kaj tio estas la nura sufero, kiun mi allasas, la nura, kiu ne estu humiliga kaj vulgara.

ĈAPITRO X

La soldatserva ordonkarto min atingis post tri tagoj, ekde kiam mi elektis la hotelon mia hejmo; de ĝi oni ne eskapas, oni ne perdigas la spurojn al aŭguristo. Por ĝin eviti mi ne estus maĥinaciinta, ĉar mi malemas agnoski, ke ĝi min koncernu kaj al ĝi mi ne koncedis pli da realo ol al onidiro. Do mi ne timis la malagrablaĵojn de iu devo, sed min iritis, ke la neevitebleco de sindevigo estis sena je eraroj. Burokratio similas al la naturo, kiu fondas sian tutan vivelanon sur la trokomplika interplekto de neprecizeco, sed pro ununura afero ĝi ne povas distriĝi, ĉar, mi pensu, ĝi kompromitus sian planon. Ĉiuj aberacioj, ĉiuj malsanoj estas permesitaj venkoj, en naturo, sed la sindromo de Saint Germain neniam estiĝas. Kaj tiel, kun samspeca persistemo, la soldatservo ne malsukcesas.

Eĉ ne unu viro dispona pagi per soleco, kiu rezignu pri ĉiuj sociaj beneficoj, povus sin detiri de ĉia regopovo. Ne ekzistas ermitejo, nek kaŝita arbaro, kie homo retiriĝu plenrajte netuŝebla, se ne rezignante pri la nerezignebla rajto al dubo kaj sin oferante anime kaj korpe al la paralela kaj pli absoluta regovo de la Eklezio. Kaj ĝuste en la privateco de ĉiu ena valoro, por estigi tiun de alienado, kiun la honortitoloj atribuas, la komuna voĉo rekonu la inican rolon al la socia vivo de la homestaĵo, sin rivelas la fakto, ke ne estu permesite al valoro privatiĝi. Tiel mi pensadis.

Vi ne apartenas al vi mem, sed al iu militista distrikto. Vi devas tien iri, ke vi volu aŭ ne, en tiu tago kaj en tiu horo, ne prikonsiderante horoskopon, sen la respekto pri via bezono koncentriĝi, ĉar iu teorio, iu revo, iu poemo klopodigas vian spiriton. Vi devas vin prezenti akurate, kie estas malrespektata ĉia akurateco vin koncernanta, por groteska insult-ceremonio al via digno, kie eĉ la pritakso de taŭgeco estas preteksto por esti uzata. La kaporalo scias kiel diri al vi senvestiĝi kaj vi tuj komprenas, ke ne gravas kiu vi estas, sed gravas nur ke vi estas nenio. Dum mi malbutonumis mian pantalonon, mi apenaŭ kuntenis mian furiozon kaj rezonadis en mi, ĉu ne-rifuzi obeon estus saĝo aŭ malkuraĝo. Je la splendo de mia senmakula korpo mutiĝis, unue, miaj nudaj kolegoj, sed poste ili rekonsciiĝis kaj reagis ridaĉante kaj min mokpikis ĉiamaniere. Sen mezuro, ankaŭ esti belaj estas delikto. Venis mia vico esti reduktita en centimetroj kaj taksata. Sidante, malantaŭ la mizera tablo, iu etendis sian manon por tuŝ-nombri miajn ĝemelojn. "Tempas, finfine, ke ili sciu, kion ili faras" mi diris en iu sanskrita dialekto, dum mi rigidigis la indignintan aspergilon. La alcelito puŝis sian seĝon malantaŭen ekstarante dum li forblovis la malsekon el siaj lipoj, nebuligante la urinon subengutantan el lia nazo. Ĉar certe temis pri la plej alta stabano ĉeestanta (pri tio neniam mi volis ion kompreni), la fakto, ke li rideksplodis amuzite, komprenigis ke la epizodo estu konsiderata nevola akcidento, verŝajne ŝuldebla al la febleco de stranga homkorpo. Sed li, tutsimple, estis invadita de la senkondiĉa Ĝojo; kaj li bone sciis, kiel kuracisto, ke, anstataŭ esti febleco, urini per erektita peniso atestas la mirindegan povon de la volo. Kiam tiu ĉi eliris, ne por sin purigi, sed ĉar al li ne plu gravis ĉi serioza tasko, la aliaj sin ŝveligis per aŭtoritato kaj min riproĉis, furioziĝante, ĉar mi ne donis respondon. Kaj mi estis malfermonta mian buŝon al roro, kiam iu el la junuloj asertis, ke mi estas muta. "Ĉu vi ne aŭdis, kiel li ĵus balbutaĉis? Li artikulacias nur sensencajn sonojn". Tiel ili min rifuzis, sen ke mi sciu, por kiu tio estis bono aŭ malbono. Sublima vero perforte rivelita, devigita paroli pri sia sekreta mondo, mi estis juĝita muta gejo kaj forĵetita. Esenca estas la rajto kontraŭstari, por precizigi la violenton de la perdo; se estus vere, ke soldatservante oni forĝas la virojn, militservi estus unu rajto, kies ekskludo devus esti nepermesata.

Antaŭ ol reforvojaĝi el la naskiĝa urbo, min iluziigante porti ĝojon, mi volis viziti miajn gepatrojn. Ili min akceptis ne tro bone. Obeante sian psikologion de damnitoj, ili min plu akuzis pri malobeo de miaj filodevoj. Mia patro sangruĝiĝis, min insultante; mia patrino min alkraĉis.

Ne volante esti tia, tia mi estis, korgaja pro muzikoj spontaneaj. Mi aĉetis fortepianon, mi mendis la transporton al mia gepatra domo kaj devigis la nevolemajn portistojn ĝin loki kontraŭ la dompordon kaj mi improvizis la adiaŭan koncerton. Trifoje mi ekstaris kaj samfoje mi reekludis. Estis ĉio, kio estis direbla. Kaj mi foriris. La flughaveno estis mia celo, sed de tie, kiun alian mi devus elekti, mi ne sciis. Ĉu al Romo, Berlino aŭ Bejruto? Ĉu Londono aŭ Ĉikago? Tokio aŭ Kaburbo? Nenio min vokadis. Eĉ ne unu nomo venis al mia menso (nek Parizo, nek Akapulko de Juárez), kiu veku en mi la emon tien vojaĝi. Kaj per aviadilo, eĉ! Kvazaŭ mi havus iun aferon farendan, iun urĝan engaĝon, hastigitan de aliaj taskoj sur la atendolisto. Sed por tiu, kiu ne havas aferon aranĝotan, intrigon teksotan, iun vojlinion interplektotan, ĉu la aviadilo taŭgas? Eĉ sen ĝi vi povas esti libera. Kaj tamen, se iu ajn problemo vin vokas al preciza loko, la aviadilo vin faras nur pli obeopreta: certe ne pli libera. Sed se ekzistus, ie ajn, iu patrolando de la libero, patrolando de tiuj, kiuj havas abomenon peti la pasporton, agnoskante al neniu la povon koncedi aŭ nei al ili la rajton veturadi; iu patrujo por tiuj, kiuj ĝin ne volas; patrujo, kiu ne povas havi nomon, ĉar oni ĝin makulus, tiam mi havus veturcelon kaj la aviadilo al mi bezonatus; sed mi tien veturus ankaŭ trajne, aŭtomobile, motorcile, bicikle, ĉevalrajde aŭ piedire, eĉ surgenue. Tiel statas la aferoj: por mi havas sencon flugi pro la flugado, kaj se mi surteriĝas, tio estas por reekflugi. Mi decidis por la unua aviadilo preta ekflugi. Tute al mi ne plaĉis: ĝuste al Torino, mi eĉ ne ŝatis tien montri mian vizaĝon. Post ĉio, Romo estas celo malpli neebla ol alia.

Al mi plaĉas la flughavenoj, jes ja. Al mi plaĉas la flughavenaj kafejoj; la pampelmussuko en la flughavenoj; la kafejservantoj, de la flughavenaj kafejoj, kiuj kapablas esti servantoj malsamaj ol ĉiuj aliaj, kiuj ne estu flughavenaj. Al mi plaĉas ilia dignopleno. Al mi plaĉas eĉ pagi, en la flughavenaj kafejoj. Al mi ne plaĉas tie renkonti la armeajn oficirojn, kaj eĉ malpli se temas pri la kuracistoficiro kun taskoj *testikesploraj*. Eĉ pli malbone, se tiu ĉi sin taksas ĵus iluminiĝinta kaj, min konsiderante la efektiviganto de lia konvertiĝo, li genuiĝas miapieden, dum li havas enmane piceton, postulante kisi mian manon. Estas homoj intencantaj korekti ekstremaĵon per alia, neniam per modero. Mi ankoraŭ ne sciis, ke mi estus lin demandinta esti mia komplico ĉe entrepreno sublime freneza.

Ni flugadis je okmil metroj, en la ĉielo pura kaj senscia. Sube, nur nuboj laktokremaj. Mi estis certa povi tie kuŝi, se nur mi povintus tion diri al la piloto, kvazaŭ li estus koĉero: "Haltu ĉi tie kaj atendu: mi volus promenigi miajn krurojn". Sufiĉus leĝere apogi piedon, gracioplene. Kaj la ideo, vibriga kvazaŭ deliro, al mi aperis pli kaj pli ebla kiel miraĝo, pli kaj pli necesa kiel la neeblo. Tiu viro, jam sen uniformo sed ankoraŭ ne oficiale apostato, helpate de mia mono, estus al mi permesinta realigi la kontraŭbombon. Al mia plano necesis bombardaviadilo, fluganta fortreso, iu monstro larĝaventra, kiu neniam estus demandinta kion ĝi en si portas. Kaj tio, kion mi al ĝi estus trasportiginta, certe kontraŭa al ĝia naturo, estus al ĝi provokinta stomakelverŝon, se ne helpus la fakto ke, pro sia specifeco, ĝi posedis nerenverseblan stomakon. Iun klavicenon senkulpan kun sia sidtabureto kaj, sur tiu ĉi, min, la muzikiston. Tute blankan. Nur la paraŝuto estis ruĝa. La teknologia monstro malfermegis sian ventron kaj la muziko elglitis en la ĉielon. Pasis la malpurega tondro, perkutante spacajn lamenojn, kiuj tuj subenfalis al fragilaj kristaloj cindrogrizaj. La silento memplaĉe kontentis, ĉe la malĉeesto de resonondoj, pri la sonoraj fulmoj, pri la klaraj notoj diseriĝantaj, sublimigantaj sonojn preter la silentokoro. La klaviceno entenas la sekreton de la elektro, kies esenco trempas la sonon; kaj, kiam la molaj nuboj knedenvolvis miajn okulojn kaj volupte volvis la intimajn kordojn, kiujn la instrumento vibrigadis ĉe mia inspirita ektuŝo, ekelŝprucis fuĝemaj fulmoj, fulmzigzagoj fadenformaj, vagemaj kaj deziremaj je horizontoj.

Ni alteriĝis sur arbareton; la paraŝuto kovris pinarbon kaj la klaviceno sin starigis rajde sur iu torenteto gaja, kvazaŭ simbola ponto. Je mia dekstra flanko sovaĝa rozo, ĉe la maldekstra rano perplekseta. La muziko sin etendadis kiel konfetoj en venton, kiel akvofadenoj en akvon. Kaj ĝi ekbaŭmis kaj forvanuis. Lumolamenoj, retortoj el akvo, supreniris nigrajn arkojn, vindante per beleco la klavicenon kun ĝia ludisto kaj sin spiralvolvante ĉirkaŭ la pinarbon vestitan per ruĝa silko, por poste forkuri sur la mondon. Eksplodis floroj tutĉirkaŭe. Flavaj. Kial flavaj? Ĉiuj flavaj.

ĈAPITRO XI

Iu rolulo, kiu ne apartenas al mia historio, venadis miadirekten, grimpante laŭ la pado inter la filikoj, antaŭita de iu vulphundino ĉe la rimeno. Viro matura kaj dikkorpa, la Barono de Limaĉi, iu, kiun mi povintus tute ne renkonti, kiel la aliajn. Vere, ke li rajtu esti parto de mia historio kaj je kies ekzistado mi ne povas min senigi, neniam iu ajn tion asertis, malgraŭ ke mi iam tion atendis. Priserĉante la similon, mi certiĝis pri la neakordigeblo: vere mi ne povas kunpartumi la ĝeneralan ĉionvoremon; kaj plu mi denuncas al mi mem, bone komprenante alpreni la bildon de fosilio, la mizerajn kialojn de la ĉiamdaŭra detruado de Panteono kaj mi spektas, ŝtoniĝinta, la fimalpurigadon, sen iu ajn tempa insulo, de ĉiu Loko de la Aŭroro. Estas akceptita la metafizika entropio, ja antaŭ tiu fizika: je la komenco estis Dio; la cetero devenis pro degradiĝo. Tio de mi absolute ne akcepteblas.

La Barono de Limaĉi estis jam digestinta, pligustigante tion per iom da Wagner kaj Mikelanĝelo, la jarmilajn kruelaĵojn de la spado-imperioj kaj de la sanktegaj libroj, kaj li alproksimiĝadis rapidpaŝe, per la determino de ĉasisto, hastigita de la vulpo kiel de iu fajranhela spurhundo. Li venis nepetite, kiam mi plu estis knedita el revumo kaj, inter la infraruĝaj sferodaktiloj, mi estus oscilanta, kiel plumo sur la heĝo de aera suprenfluo, ĉe la dormolimo. Eble mi estus dormanta, kaŭrkuŝante kvazaŭ felisbesto sur branĉo, ĉu gravas? Pro kio li estis koncernata? Iu kampula ĝentilhomo kiu, tamen, havis la delikatecon ne kunporti fusilon. Forta je sia leĝorajto, eble, li venis prezenti sian proteston pro mia nepostulita ĉeesto sur lia grundo. Ĉu mi povis kontesti, sammaniere, lian neprudentan cnli udiĝon? La homoj eniras kaj eliras elde via vivo sen peti vian permeson. Mi devas tamen agnoski ian bonkonduton el koruptita kulturo. Li min nomis tuj "bela junulo", kaj poste, "brava junulo", dum li permesadis, ke lia vulpo min priflaru bonvenige. Estis la belaj manieroj de tiuj afablaj sinjoroj, kiuj vin ĉiam komplimentas je io per la granda bonvolo vin flati, neniam, tamen, pro viaj veraj meritoj, kvazaŭ vi estus la mizerulo sen je ajna kvalito en la mondo; tial ili konsentas montri al vi la malavarecon atribui al vi iun ridindan meriton, per tre kuraĝiga emfazo. Kiel potenculo, kiu laŭdas la majstrecon de latun-poluranto al poeto konanta la sekretojn plej sigelitajn de la homeco. Li ne min invitis: li min devigis per afableco, la formo plej potenca kaj kaŝtrompa de la devigo. Ĝi estas tiom devontiga, ke eble la gastoj de Lukrecia ne kuraĝis rifuzis la venenon por ne ofendi ŝian delikatan gracion. Tiel li min prezentis al sia juna germana mastrumantino, aŭ ebla servistino, kiel "junuleton je belaj esperoj". Junulo estas ĉiam la nenio esperanta fariĝi io. Ĉiu alveninto estas io konstruita sur la neniaĵoj. Mi imagadis al mi la sensignifon de liaj antikvaj belaj esperoj. Li certe ne povis atribui al mi kelkajn plej bonajn. Kaj al li gravis sin montri aristokrata kaj rafinita. Li montris al mi tapetojn kaj orajn pentraĵ-kadrojn. Ĉe antikva meblaro, li regalis min per ellaborita tagmanĝo, sur tablo prince garnita, per porcelanoj kaj kristaloj. Li komentadis ĉiun pladon, ilustrante al mi la historion kaj la kulturon el kiu ĝi devenis. Al mi li longe parolis pri la mustardo, pri la zingibro, pri la cinamo kaj pri aliaj spicoj, kiujn li daŭre alvenigis el la Oriento, misfidante la kvaliton troveblan en lokaj spicejoj. Li sin provizis per vestoj en Parizo kaj Londono; lia barbiro estis en Milano; en Romo lia dentisto. Li pentradis mizeraspektajn bildojn de la elmontrataj nudecoj de la servistino, per la koloroj oventenaj de la renesanco, kies hermetajn sekretojn li deklaris koni. Li tiom prigustumis sin proponi al mi modelo, ke li donis al mi provon, vespere, de la gimnastiko de li praktikata ĉiumatene. Li devigis min tuŝi liajn muskolojn, milde min riproĉante esti iom mola, min incitante stringi pli forte liajn maleolojn kaj liajn koksojn. Efektive li estis dura kiel kolbaso kaj mi eksentis naŭzon. Li volis, ke mi lin pugnobatu sur la ventron; li klarigis al mi sian teknikon feki kaj ne tiel estis fino. Li postulis de mi, ke mi ĉeestu la spongotrempadon varman kaj frostan, kiun al li, nudkorpa, praktikis lia amuzita germanino. Estis liaj veroj de epikurano. Akceptinte la neeviteblecon de la malespero, kiel preĝanto aŭ predikanto, brakumante la lastan ŝtupon kaj rigidstare sur la predikejo, ĉiu ulo sin alkroĉas al fiktivaj certecoj kiel, ĉe la savringo, la ŝipdrononto konscia ke li pereas. La certeco estas hipnota vortico, kiu donas la angoron pri la abismo al kiu timas flugi en la nekonata senlimo. La vortoj elspezitaj de la Profetoj por liberigi estis ĉiam kolektitaj por el tiuj fari nodojn. La Akrobatoj, kiuj klopodis skui la mensajn apogojn, estas ili mem uzataj kiel mensapogiloj. Inter la certecoj de tiuj havantaj certecon estas la kredado esti viktimo, se ne aliel, de la kulpo. Kaj la Barono ne povis mistrafi la regulon: la moderna mondo estis lin konstante priŝtelinta. Ekde la Mezepoko ĝis nun, hundohordoj atakis lian familion, pli kaj pli agresemaj kaj voremaj, ĝis ili reduktis lin senrimeda, ĝislimigita en lia bieno, jam malplena emblemo de la laŭrajtaj riĉaĵoj ĝuitaj dum la oraj periodoj de la Sankta Roma Imperio. Ŝajnante interŝanĝi mian ideon pri metafizika entropio kun tiu imperia kariĝinta al li, foriginte la virinon elde nia ĉeesto, li devigis min surgenuiĝi (dum min skuadis la repuŝitaj rideksplodoj, kiujn li komprenis emociaj singultoj) por min konsekri, min batante trifoje per la spado, Kavaliro de la Teŭtona Ordeno. Li eĉ kisis min trifoje, kaj la tria kiso surbuŝen. Ŝajnis al li, tiel, povi sin pli bone konfidi al sia nobeligito, eterne vasala, pli ol al burĝo eĉ se nobelaspekta. Li parolis al mi pri la lupoj, pri siaj kreditoroj, pretaj lin disŝiri, eĉ pli, lin baldaŭ finmortigi. Al ili ne sufiĉos lin senigi je lia lando: ili estus lin persekutantaj ĝismorte, ĉar ili malamis tion, kion li reprezentis: la mediteraneaj, tertremaj fortoj fincelis detrui la Arjan spiritecon. Mi demandis lin kvantigi la ŝuldon, mi donacis al li la sumon kaj iris dormi.

Kaj ĉu li ne sendis al mi la blondulinon? Kiu tute ne estis germana, kiel mi kredis, sed dana. Imperian donacon, kiun rifuzi estintus malrespekto kaj kiun mi montris ŝati, interplektante kun ŝi konversacion.

Li forvojaĝis antaŭ la tagiĝo kaj revenis post tri tagoj. La virino purpuriĝadis kaj ĉar ŝia haŭto ne havis porojn, tiel mi ne havis pacon. Ŝi insistadis ĉiuhore: "Junuleto malbona, vi faru al mi belan esperon!" Ŝi suprentiris la jupojn kaj restis tie grumble miena. Decidinte finfine ŝin kontentigi, iom pro naŭzemo trinki tie, kie aliuloj estis ĉerpintaj, iom por min alkutimigi al la ideo, ŝin tute nudiginte, mi ŝin puŝis banĉambren, sed ŝi miskomprenis la sencon. Mi ŝin lavadis, kaj tio neniam al mi ŝajnis sufiĉe. Al ŝi plaĉis la ludo, kiu daŭris ĝisvespere kaj ŝin trenis lacega en la dormon. Je sia reveno, malfrumatene, la Barono ekmiris, ke ŝi plu dormas kaj elmontris komplican okulumon.

Li estis veninta kun du altkreskaj sinjoroj, kun linaj vestaĵoj. Estis la notario kaj lia sekretario. Tiu ĉi mane portadis ĉe la tenilo la nigran tekon, sed ĝin subtenante per la alia mano sub la fundo, kvazaŭ ĝi entenus fragilaĵojn, kaj, male, ĝi gardis la dokumentojn por la vendokontrakto de la bieno. La Barono ĝin al mi forcedis interŝanĝe por la mono dankoplene ricevita, sed neniel prikonsiderinte miajn protestojn. Por la dua fojo li oferis al mi pompoplenan ceremonion, ĉi-foje rite plenumitan, por la konkreta vendoakto, fare de la voĉo plorema, kaj kiu scias kial, iritita de konsumita Altrangulo. Li ofte min rigardadis por sin certigi pri mia atento, kiel agis iuj miaj profesoroj, kies voĉon, morte enuigan, mi estis engaĝita ne aŭskulti. Fine ni subskribis. Ĉiuj min gratuladis, sen ke mi bone komprenu la kialon. La emancipita sekretario, ĉiufoje kiam li renkontis mian rigardon, ekaludis kliniĝon kaj fuĝeman rideton servopretan, kvazaŭ li timus esti kondukita al la pordo antaŭ la tagmanĝo. La Barono pretigis siajn valizojn per tia hasto, kian li ne sukcesis bremsi.

La Barono estis taksinta siajn ŝuldojn per absoluta precizo. Mi mem devis, fakte, ĝuste repagi tiun ekzaktan sumon ĝis la milonoj, al liaj kreditoroj, por reelaĉeti la bienon, ĉar li estis iom pli febla ol honorviro: li forveturis al celo nekonata paginte neniun.

ĈAPITRO XII

Mi resupreniris, kun la piedoj en akvo, la kurson de la rojo, kvazaŭ enpensiĝinta, ja ne pensante. La aero estis senmova kaj humida, la ĉielo el kremkoloro mucida. Inge min sekvadis el la foro kun la vulphundino. Ŝi estis foririnta kun sia mastro vespere, kaj mi estis ŝin ekrevidinta tagiĝe, tra la fenestro, kaŭranta ĉe-piede de la bambuoj kun la hundeto ensine. Mi ekvidis el la foro la klavicenon kaj al ĝi alproksimiĝis. Sur mia maldekstra flanko la kaŝtanarboj kun la hirtaj kaŝtanŝeloj acerbaj kaŝis la responsulojn de maloftaj ĉirpokrioj. Sur la dekstra, la deklivo renkontanta la montojn. Antaŭe, suraltaĵe, la barilo de la pinarboj. Komenciĝis, nerimarkite, softa pluveto, descendanta por vualigi ĉion. Poste ekblovis brizo venanta el la montoj el la tramontana direkto. Ekfridiĝis la ŝtonoza fundo de la rojo, kiu resendis al mi frostotremojn ĝis mia dorso, ĉe kiu algluiĝis, jam malsekigita, la ĉemizo. La tago plu malheliĝis kaj oni aŭdis lontanajn tondrogrumblojn. Kvazaŭ efektivigonte vetkuron, min kaptis la obstinemo atingi la klavicenon antaŭ la fulmotondra ŝtormo. Kontraŭ la vipadoj de la pluvo, nun furioza, mi oferdonis mian vizaĝon armitan per plezuro. Lumopikoj, tondroŝiroj: resonadis tremvibrante la klaviceno kun ŝtalaj kordoj.

La paraŝuto, kroĉ-kaptita en la arboj, formis lumantan kabanon, kiu streĉiĝis per tamburknaloj. Mi tien rifuĝis kaj, strange, la diluvo, el la ekstero, min atakadis per lumsparkoj kaj tremeroj incendiaj: mi eĉ flaris la odoron. Inge kaj la vulpino alkuregis subŝirmen anhelantaj, trakurataj de frostotremoj.

Inge estas ridinda nomo ĉe la prononcado. Ĝi sonas *Ingou*, proksimume. Mi ĉiam min detenis ĝin eldiri. Sed la nomoj, kiujn mi al ŝi donis, neniam al ŝi plaĉis. Iun tagon, kiam mi ŝin nomis Margarita, kiel la knabino amata de Faŭsto, ŝi min riproĉis, decida, ke ĝi estas floro tro simpla. Mi eĉ ne konvinkis ŝin susurante al ŝi du versojn de poeto, kiun mi bedaŭrinde forgesis: "Mia Dio estas lekanteto: blanka ora, blanka ora". Aliflanke, la dana lingvo havas frazojn, kiuj sonas jene: "Iai elska dai". Estis la vortoj, kiujn ŝi adresis al mi rigardante min minace kaj kiuj miksiĝadis kun mil krakobruoj. Nin envolvadis bruado ekzaltiga de svarmantaj voĉoj skande sonigitaj de la propraj tembroj. La pinarbaj pingloj formis dikan, sekan kovrilon kaj nin tutvolvis forceja varmeto. Ŝi mienigis sian vizaĝon al kapricemo, min apudigis kaj diris, kiel oni *brusuĉe malbobenas* rubandon: "Iai elska dai", kiun mi aŭdis kaj ne komprenis. Nek mi taksas utila la tradukon: kiu iam al ni certigos, ke ni sencokaptas tion, kion intencas dana virino, post kiam ni estos donintaj, al ŝiaj vortoj, arbitrajn korespondojn en alia lingvo? Lumo rozkolora, densa kaj je lantaj reflektoj, donis al nia rifuĝejo aspekton strangc molan kaj fluktuan. Ŝi klinis la kapon flanken kiel iu grumblulo, kiu sin deklaru firma en sia emo, kontraŭ via malpermeso. Poste ŝi skuis sian kapon kaj brustoŝvele lanĉis al mi silabon similan je la spiro de drago. Poste ŝi senvestiĝis. Subite mi komprenis, ke tio estis la nura farendaĵo.

Nun la tondroj estis ĉesintaj. Repaciĝintis la vento. Nur la pluvo, kvieta, fluigadis sian tempon. Ekzistas korpoj timidaj, aliaj senhontaj, orgojlaj aŭ obscenaj. La ŝia estis perfortema, obstina kaj preskaŭ ofendiĝema. Ĝi havis ion minaceman, forte bestsimilan. La okuloj grizaj kaj grandaj, la hararo densa kaj hela, la akcentita arko de ŝia buŝo transdonis al ŝi aspekton hidan kaj pasiplenan, kiel mi neniam vidis en mediteranea vizaĝo. Ŝia "Iai elska dai" estas furiozo dum ŝi dancas. Ankaŭ mi dancas kaj mi ne scias, ke mi krias. Ŝia voĉo estas engorĝa, pratempa.

Nudaj ni eliris, nenion kolektinte, la manojn liberaj por aventuremaj gestoj, la piedojn senŝuaj en la kota grundo malvarmeta kaj mola kiel spongo el Greklando trempita per parfumakvo. Maĉante la kraketantan aeron, mi observis, memkontenta, lucidajn volvaĵojn ĉirkaŭ la kruroj de la klaviceno kaj, eble, la larvoj ekis ronĝi la preciozan lignon elde sube, kiel ili faras ĉe la tigoj de fungoj kaj de la amrilatoj.

Densa nebulo descendadis, nun, elde la montoj, kvazaŭ lavango: ĝi estis fora kaj senmova, tamen subite ĝi nin envolvis, de ni forkaptis la realon. Kiel eksterteranoj, perditaj en la opala tagiĝo de tempa nekono, ni etendis al ni la manon kaj ni vagadis ĉirkaŭ nin mem, suspektante esti enirintaj la dompordon nur kiam ni kunpuŝiĝis ĉe solida korpo kiun, en la malĉeesto de formoj, al ni malfacilis identigi kiel la divanon. En la domo la nebulo estis preskaŭ kolektiĝinta, kunpremita kaj, ne malheliĝinte pro mallumo, ĝi ekzaltiĝis je perla heleco, je aŭtogena fluoresko, kie ni ekvidis la vagantajn hellazurajn florojn kaj la palviolan flamon, kiujn ni sekvis tra sinuaj kursoj, kontraŭ nenion plu puŝiĝante, kvazaŭ trairante liberajn spacojn, kaj tamen ni supreniris ŝtuparojn ĝis la tegmento, alstrebante miraĝojn ĝis la tripieda tablapogilo.

Sur tiun saman tablapogilon, sur la teraso, kvankam mi jam estis vidinta la mondon, mi suriris por larĝigi mian rigardon, forigante ajnan skrupulon. Kaj plenkonscie mi diris: "Jam ĉiu scias delonge tion, kio estas scienda; kaj estas onia afero, ke tio gravu. Vere nenio pli estas dirinda: mi ja estas forironta al la Insuloj."

Dum la dudekkvin jaroj ekde kiam mi aĝas dudekkvin jarojn, mi tien revenis plurfoje, antaŭ kaj post kiam, sub paro da palmarboj, tie mi renkontis Profeton akompanatan de Profetino kun lumbzono, ankaŭ ili inkognite. Ili min tuj rekonis, kvankam mia ora haŭtkoloro estis plibrunigita pro banoj nuksoŝelaj. Ili min invitis al la Alfa Kongreso, kiu estus okazonta post du jaroj, du monatoj kaj du tagoj: samgrada kunveno de dek Revelaciitoj: du kromaj estis supozitaj ankoraŭ nekonataj, kio devus pensigi pri tute aliaj supozoj.

Jam ekde ok jaroj mi aĝis dudekkvin; kaj ekde samlonga tempo mi jam ĉesis esti memmova arbo kun longa kaj kurbo plena sako da humo, kien enprofundiĝi la alsuĉantajn radikojn, la molajn violojn. Oni ne povas imagi, kio estas korpo saturita kaj masodensa el fleksebla oro. La Venerinduloj manĝadis kaj trinkadis per stomakĝena severo. Ĉiuj, ankaŭ la virinoj, havis dorson tro rigidan. Unu el la virinoj, el la fora Oriento, kiu survestis tunikon fajne verde kaj arĝente broditan, havis mienon tiom aristokratan, ke ŝi aspektis ludi alies rolon. Ŝia estis la reĝina gracio de basa sono de rukteto, ĉirkaŭita de la susuranta klaĉetado de furzetoj, etfurzaĵoj kaj furzeroj. Mi fintis trinki, igante la glason tanĝi ĉirkaŭ mia buŝo. Mi levis foje la forkon. La Profetoj de nia tempo, bonŝance, ne estas bonaj observemuloj kaj, koncerne vidadon, ili eĉ ne vidas sian Dion, pri kiu ili senlace palavras kaj, koncerne aŭdadon, ili aŭdas nur siajn proprajn opiecajn paroladojn.

Por resti ĉe-nivele, mi ekproponis novan ordonon: la devo rigardi, unufoje dum la jaro, al Okcidento. Ili estas tre delikataj. Ili bone atentas ne ofendi iun ajn Profeton, kiu aspektas imbecilo. Kaj ili klopodas esti engaĝitaj skrupule taksadi la plej stultan rezolucion. Ili bele protokole redaktis la mian, ne forlasante min demandi, ĉu la teksto min kontentigas, por poste reveni al la antaŭfiksita temo de la simpozio: "Kiel plej bone servi sian Sinjoron". Mi denove diris, ke la frazo ne ŝajnis al mi nova. Fakte mi memoris, ke Inge, kiam la nebulo maldensiĝis, rekomencante labori je siaj ekzistadaj problemoj, senscia, ke ĝuste tiam ekplagis min la naŭzo por la nutraĵo, kaj enketante pri miaj kuirartaj preferoj, ĝuste diris tiun repuŝan frazon: "Por plej bone servi mian Sinjoron". La hundo kredas proprieti la mastron: la sama logiko iluziigas tiujn, kiuj sin nomas servoj de Dio. Servadi neniam ofendas tiun, kiu maskas la kalkulon, nek tiun, kiu teksas, per la kredito de la mensogo, la certecon de deduktoj pri la mistero. Kiom facilas, ĉe la sufokanta ĉeesto de tiom belaj spiritoj, kredi iun ajn teologion de la mineralo!

Maldensiĝadis la nebulo forvaporante en nenion, lasante la posttagmezon sedimentiĝi sub atendanta ĉielo. Sed Inge ne rezignis pri la almozado de la delogo, okulumante, nun, kun la belo de la animo. Kaj vere ŝi estis bona pentristino. Ŝi laboradis je neplenumita Edeno, sena je bestoj kun la facilaj kolorefektoj de la floroj. Sed enestis, en tiuj vegetaĵoj, la obstino forigi la ĉielon kun la senlima inventado de versimilaj formoj, ne volante ĝin atestanto de sia komplika malĉastado kun la tero. Ŝi instigadis min pritaksi tiun pentraĵon, kvazaŭ ŝi atendus la revelacion de la mistero, kiu de ŝi fuĝemis, dum ŝi ĝin celebradis, per la manipulado de la penikoj. La penikojn ŝi forgesis trempi, kvazaŭ per ili, pli ol krei, ŝi esplorus tiun plektaĵon da formoj, kiuj plu nervoziĝis, pli ol progresi, kaj daŭre maltrankviliĝis. Penikoj, kies vidon la pentraĵo, kvankam laŭŝajne ne multe ŝanĝita, kaj tamen nun plenumita, ne plu toleris; kaj ili al ĝi plu alproksimiĝis prudentaj kaj ofte ne emis ĝin ektuŝi. Ŝi ridis engorĝe, sciante pretigi al mi kaptilon, donante al mi longan penikon, por min kuntreni por ĉiam. Ŝi indikis al mi en anguleto iun terbulon kaj, duonferminte la grizajn okulojn per aluda maliceto, diris al mi tien planti mian arbon. Mi akceptis la defion kaj mi prilaboris la asignitan teron per kamparana sinengaĝo. "Jen!" mi diris, kiam mi estis fininta, mergante la penikon en terebintoleon. Ŝi atente rigardis kun suspektema mieno. Ŝi gvatis per lupeo. Poste, okulapertege kvazaŭ por riproĉi infanon, prononcis per streĉita ironia voĉfadeno: "Mi ne vidas vian arbon!" "Vi ĝin vidos" mi respondis "printempe, kiam ekĝermos la semo, kiun mi enterigis".

Ŝi, tamen, ne havis tioman paciencon. Estis ankoraŭ vintro, kiam la semoj estas fermitaj en la forgeso, kaj ŝi jam pri ili ne zorgis. Ni loĝis en anomima apartamento, sur Vojo Lorentaggio en Milano, kiel komuna edzoparo, okupita sufoki ĉian eblan vivon, por doni eblon al la vivo.

Tiun tagon, jam proksime ĉe la kuprotabulo de la Eldonejo kie mi laboris, la laktokafo, restinta miagorĝe, donis al mi frostan ŝvitadon kiel veneno. Sed miaj kruroj ekspluatis strangan energion. Sur la skribotablo, en la oficejo ŝajnanta al mi pli kaj pli fremda, la konfuzaj paperaĵoj nebuligis mian vidon, malpuriĝante je laktokafo. Sur mia firma menso, blanka paperfolio afiŝita en la vakuo, forglitis la spaco per la rapido de aŭtoŝoseo, produktante grajnohavan zumadon, en la absoluta manko de vento. Mi dirintus, ke mi fartas bone, tamen ĉiu asertadis, ke mi malbonfartas; kaj oni volis konduki min hejmen.

Por mi strangis nur, ke oni rigardas min alvizaĝe scivolemaj; kaj min ĝenadis, ke oni volas min apogteni, kiam mi sentis, ke mi povas sola subteni la palacon. Ne sufiĉis danki, rifuzante la oferproponon, por deteni ilin de la volo eniri miadomen: mi devis malkuraĝigi ilian klaĉinsistan afablecon per kelkaj frazoj malafable ĝenaj. Mi marŝis kvazaŭ sur gumaj stilzoj, kun sensaco pri frisko sur la vizaĝo. Ŝajnis al mi, ke la ŝlosilo per si mem eniĝis en la ŝlosiltruon kaj turniĝis en la seruro, sen la tordo de mia mano. Poste, per softa sono kiel ho! de surprizo, la pordo malfermiĝis. Min amuzis la oscilado de la koridoro, kiel ponto pendanta super la plaŭdobruo de kaskado. Volante min kuŝigi sur la liton, mi deprenis ŝuojn kaj pantalonon kaj, tiun apogonte, mi trovis la seĝon okupita de alia pantalono, giganta kaj nekonata. Restinte perpleksa, per la manoj okupitaj, mi aŭdis kaŝitan teksaĵon da voĉoj sub la plaŭdado de la duŝo. Mi min revestis, ĉar mi ne estus sciinta kien apogmeti miajn vestaĵojn. La viro estis donanta al Inge manfrapon sur la pugon, kiam ili ekaperis ĉambren. La giganto ŝtoniĝis kvazaŭ salo, sed ŝi ne koncedis al si la tempon por surpriziĝi, havante pretaj, por mi, mil akuzojn, kiuj, certe, jam antaŭe estis ŝin pravigintaj al si mem.

– Kiun rajton vi havas, – ŝi min fine pridemandis, min defiante, – al monopolo de sekso, kiun vi eĉ ne ektuŝas? Mi ja estas virino, finfine, se vi tion ne jam rimarkis!

Mi rigardas ĉian mankon de amo per la flavaj okuloj el dura ŝtono de la nokta gufo; kaj mi lasas alte flirti, super la nuboj, mian lummantelon, sidante sur la ĉirkaŭvolvita serpento de mia pacienco. Malgraŭ nekonscie allogata de la pratempa paradizo vegetaĵa, ŝi jam estis la sako da sterkaĵo, frukto de la genetika malobeo, preta servi ion ajn kaj iun ajn por satigi ĉian apetiton. La malfeliĉo estas, ke la animo ankoraŭ ne iĝis besto memmova, kapabla sin paŝti remaĉante. La animo havas branĉojn kaj foliojn, havas blankajn radikojn. Kaj logike ŝi ploradis kaj, morna, ŝi malbenadis la destinon, kiel ĉiuj por-okazaj frandemuloj, postulante de mi, ke mi ne foriru, ĉe sia supera rajto je la venkpokalo de la biciklisto: esti feliĉa! "Ne forŝiru de mi la animon!"

Akurate, en printempo, ne servante la celon al iu ajn, mia semo, en la Edeno, elpuŝis klaran ŝoson; ĝi stariĝis per tigo subtila; elĵetis lancoformajn foliojn kaj apertis sian floron: la nura flavo en la pentraĵo.

ĈAPITRO XIII

Meditante pri la minerala esenco, kiel vaporo mi levitaciis en la aero densa kaj mola. La rivero fluadis ene de mia dorsa spino en akvoprofunda silento. Mi albordiĝis sur la verto de kaŝtanarbo tanĝante per mia piedfingro folion, iĝante ŝatata al la paseroj kaj al merlo, kiu havis la naivan senhonton trovi komforta mian ingvenon. La paŝtista venteto, kiu blovsibletis inter la brancaro, plu arpeĝis, same, inter miaj metalaj haroj etenditaj kiel la sunradioj.

Magra nubo langvoris sur la ĉielo, disfadenigita de la streĉitaj horizontoj, konsumita pro la atendo. Ĝin ne atingis la infankajtoj, blanke pentritaj por pli granda minaco, kun la longaj kaj ringe plektitaj vostoj. Se mi estus ĝin kaptinta, la nubon, mi estintus dolĉega per la fadenmanovro. Mi estus ĝin suben tirinta per la singardemo de fiŝisto, per la plej granda singardemo de la ĉiela fiŝisto. Nun la nubo sin iom streĉis kaj iom sin turnis en la lumo, neante ke la tempo havas ritmon. Surprizite, la merlo sin ĵetegis flugplonĝe, timigante kelkajn birdojn kaj eĉ la insektojn. Ĉe la akurata tagmezo, la aero estis dezerta kaj vaka, eĉ je bruoj. Ĵus estis alfaciĝinta, kaj tuj sin kaŝinta, alia nubo malantaŭ monto Cavallo. Mi ekvelis, en la firma vortico supreniranta al la nubo kaj dealte ĝin subtenanta, volupta giganto, kun manoj el kristalo.

La rivero komencis fluadi en mian bruston laŭ nedistingebla muziko, kiun poste mi rekonis. Iu versio de la Bolero de Ravel por metafizika akvo. Atomoj el orduoblo elvaporiĝis el miaj manoj kaj el mia tuta disvastiĝanta korpo; poleno ekŝprucis kaj rekte ascendis, tra lumkanaloj, por trempi la nubon, kiu timskuiĝis kaj sin envolvis. Ĝi ruliĝis kaj poste rehaltis.

Mi sidis en fiziologia distriĝo, vagante per mia indiferenta rigardo al ĉiu aĵo; kaj, tial, mi ne povus diri ke mi estis atestanto, eĉ ne neante la respondecon, ekde la momento, kiam la nubo montris al la mondo sian gravedecon. Atingite de ĝia ombro, mi ekrimarkis, ke ĝi alprenis koloron kaj, precipe, ĝi estis ŝvelinta ekstermezure, superkovrante la tutan bienon kaj pretere, ĝis la montoj kaj jam tie ĝis la maro, invadante la tutan ĉielan duonglobon al mi videblan, kaj mi ridinde haltadis ŝnurstreĉite sur la arboj, iom timigita, al mi ŝajnis, de mia nudeco min perfidanta. Se mi estus farita el karno kaj ostoj, mi estus ŝirinta la unuan kaj frakasinta la aliajn. Male, mi apogis miajn piedojn teren, per skuo de tiu, kiu ekpaŝas. Eĉ ne: kvazaŭ mi jam estus per miaj piedoj surtere.

La nubo ĉirkaŭis kaj envolvis la mondon, ĝin stringante en kaptilo el orlumo, kiu timigadis la vivantojn, sed kiu min kontentigis. Mi kontempladis la scenon tia, kian oni neniam jam vidis, starante sur la tablapogilo; kaj mi min surprizis diranta vulgare: "Kaj nun estas ja kacaferoj viaj". Ne ĉar mi sciis, miakonscience, kien fincelos la tuta historio: eĉ ne min pri tio demandis. La plejmalbono estis atendinda; kaj pri tio mi ridis. Tion mi ĝuadis. Dumtage kaj dumnokte estis tiu lumo unukolora, obseda. Ŝajnis al mi aŭdi la kriojn angorajn de la virinoj kaŝantaj, ensine, la vizaĝojn timgvatantajn de siaj infanoj. Tute ne helpodonaj, la viroj, kiuj volus esti venerataj de siaj amatinoj, kaj sin montris la kutimaj sentaŭguloj. Mi imagis al mi la klarigojn de la sciencistoj kaj la kontrolon, tiun "ĉio sub kontrolo", de la militistoj. Savis onin el la paniko la Paroladoj ĉe la Unuiĝintaj Nacioj, kune kun la televida dissendo "La nubo minuton post minuto", kiu, fakte kaj kune, malhelpadis al la homoj iri rigardi la nubumitan ĉielon.

Ia ora luminesko prilumadis la nokton kiel same la tagon; kaj neniam tagiĝis, nek iam ajn ekvesperis. La nekalkulebla elektra potencialo malkonsilis flugadon de la aviadiloj. Povis la tero ekbruli subite, pro nura sferokava fulmo. Nekonata restis la tavoldiko de la nubkovrilo, ĉar cn ĝi mergiĝe sin estingis la dissendoj de la satelitoj kaj de tio blindiĝadis la radioteleskopoj.

Iu patro de bomboj proponis la ekstravagancan hipotezon, kontraŭitan de la astrofizikistoj, ke propre ne temus pri nubaro, sed ke estus koaguliĝinta, kvazaŭ kristalino, unu ekŝpruco da kaoso ĉe iu ondolimo de la spaco-tempo. Oni ne sciis, do, kio estas okazinta pri la tera orbito kaj kio pri la suno kaj la steloj. Estis debatate, ĉu la grandega nombro de la hercaj vibradoj estus perturbinta la eteron kaj, kvankam nenio estis pruvita, la registaroj alprenis la prudentan decidon forigi liberajn televid- kaj radiodissendilojn.

Ho, mia meteologia edzino, svingante la hereditan bastonon de Barono de Limaĉi, blankvestita kiel nobelsenjoreto, ignorante ke estas dimanĉo (kaj, cetere, ĉiu povintus pri tio dubi), mi promentretis la padon, kiu, ekde la bieno, kondukis ĝis la vilaĝo; mi nura homestaĵo en la mondo ne vin timanta kaj gaja pro via disetendita ĉeesto, kiel la memkontenta mastro de matura rikolto. Ĉio estis silenta kaj la hundo paŝetadis kun sia vosto interkrure.

Estis, fakte, dimanĉo: la viroj, tenante sian jakon sur unu ŝultro, okupis la placon interparolante poarete, aŭ promenante popare, ĉe absoluta normaleco: ne estas io, ĉe kio oni ne alkutimiĝas. La nova generacio okupis, male, ĉiujn seĝojn de la du kafejoj sin frontantaj neamike sur la placo, bivakante krome, sur la domsojloj kaj sur la ŝtuparo de la preĝejo, kiu estis fermita por obei la kardinalan ordonon reguligantan la horaron de la sanktaj ritoj. Je la tempo de mia infanaĝo, kiam ankoraŭ la pastra sindikato neniom gravis, eĉ ja ĝi tute mankis, ĉe okazo tiom eksterordinara, predikoj kaj kantoj kaj rozariaj preĝadoj estus sin seninterrompe postsekvantaj. Nun, male, la pastro estis eksterporde sur la vojeto de la kafejo Cucinotta, kiu tie rezervadis du tabletojn kaj kelkajn seĝojn por la aŭtoritatuloj. Li tie sidis kun Del Gatto, riĉa komunuma konsilanto, kaj kun Scornavacchi de la stirlicenca lernejo. Al ili ankoraŭ ne kuniĝis Salvatore Dundì, la staciestro, haltinta por interŝanĝi kelkajn paroladetojn kun Cezaro, nomata Rondpugulo, kiu priservadis ĉe la kafejstablo. "Profesoro!" sin turnis al mi Dundì, min vidante alveni. Jam ĉiuj min nomis profesoro, eĉ se mi ne adoptis la dupintan barbeton kaj ne surhavis okulvitrojn. La longitudaj haŭtfaltoj, el la klopodo pensi, ne sulkis mian serenan frunton kaj eĉ malpli mi estis instruinta ion ajn al kelkiu, en mia tuta vivo. Li daŭrigis: "Mi ne plu esperis, ke vi venos. La timo pri la mortiga enuo min jam puŝadis munti, kun la kompliceco elŝirita el tiu ĉi senkulpulo, iun ŝercon kontraŭ tiu freneza mastro Ascioni, kiu ja estas la nura reutiligebla viktimo, kaj kies saluton oni ne perdas. Tamen nun mi rezignas, por ne envolvi Vin, kiu estas tute alispeca, en ĉi knabŝercojn. Tio signifas, ke mi adaptiĝos al pli honesta invito trinki kafon, sen trukkaptiloj. Kaj mi estas eĉ pli kontenta, ĉar rezignante pri la amuziĝo mi elsavas min mem el kruelaĵo. Mi fabrikas miajn mokŝercojn pro malvirto, per la nenormaleco de la ŝtelĉasisto havonta konscienc-skrupulojn".

La paroĥestro vestis civile kaj li estis la impresa figuro de bela viro kun rafinitaj trajtoj kaj je vulgaraj gestoj, la rigardon sombra pro koruptemo kaj la rideton dubsenca de tiu, kiu supozas ĉiam trovi komplicecojn. Li, timante eble la ostracismon rezervitan al la suspektatoj pri moralismo, miksadis kun esprimoj fivulgaraj la frazojn, ja eĉ saĝajn, de la animaltiga repertuaro. Li suferis pro la sindromo de la edukisto, nome paroli vice de kiu ajn per la konvinko esprimi tion, kion la aliaj tuj devas, senreziste, pensadi.

– Mastro Ascioni, se vin ne elgrotigas ni, vi restas vivenkar-cerigito en tiu via bugrita lignaĵistejo.

Ascioni ne respondadis. Li venis trinki kafon, paciencema en la roko de sia malpuro, sekura en la sistema malzorgado pri sia vivo.

Kaj estis pro afableco finfine, ke komparite plian fojon kun vivlonga karcerulo, li diris: "Vi ne povas kompreni! Jes, en kar-cero, sed mi ja liberas en honorkarcero". Tion li diris per la firmeco de kiu scias pli ol tion, kion li diras, per la sekeco de kiu lanĉas vortojn kiel kraĉojn.

La pastro ne estis viro al kiu povintus eskapi eĉ iom vualita tono de malŝato, kiun li haste ne revenĝu: "Mastro hundaĉo, kion vi scias pri honoro se vi estas bruto, besto ne respektanta eĉ la ordonitajn festojn. Dio, kiu estis Dio, ripozadis la dimanĉon".

Mastro Ascioni, portante, per la polekso kaj la montrofingro, la glaseton da malvarma kafo al sia buŝo, montretis mokdefian rideton, antaŭ ol ĝin pogute trinketi.

– Kaj ĉu al vi ŝajnas, ke li devu ripozi? Kun tia respondeco, kiun iu faranto de la mondo surprenas! Li sin ŝarĝas per la tasko kreadi, kaj per la aroganto kreadi vivantaĵojn, kaj poste Li postulas reduktitan laborsemajnon! Tiu senlabora tago ruinigis Lian tutan verkon, kiu restis perfektigota.

– Blasfema anarkiisto, mi ĉiam pensis, ke vi estas la pugo de la Diablo! La laboro estas preĝo; sed, se dimanĉe oni ne honoras Dion, ankaŭ la laboro apartenas al la Diablo

– La laboro estas la nura senofenda diablaĵo, kiun mi konas. Kaj vi, pastro, ne diktu regulojn al mi, ĉar mi scias kion vi faras en la mondo kaj kiucele vi bezonas la honoron de Dio. Por vi al kiu la preĝado estas laboro, tio povas esti preĝo; sed mi laboras tiel por ne preĝi, kiel same por ne blasfemi. Mi lasas al Dio Lian problemon pri respondeco, Lian belan originan pekon. Laŭ mi, Li ĉiam bezonis igi sin psikoanalizi pro Sia kulposento, kiun Li emas deŝargi sur nin, metante regulojn absurdajn kaj nerespekteblajn, por aspektigi nian kondiĉon postsekva kondamno, sed kiu estas nur la pruvo de Lia malkapablo. Li estas iu Dio kun granda komplekso de malsupereco, ekstreme malcerta. Tiu unua ordono tion denuncas nemiskomprenebla: "Vi ne havos alian Dion, krom mi" Kiom ajn rivela, ĉi ordono. Ĉu Li timas kunkurantojn? Ĉu Li estas uzurpatoro, kiu ekstermis siajn kolegojn kaj timas, ke oni povu Lin rekoni kial tia?

– Stulta furzemulo, la mondo estas perfekta, en la plano nesondebla de Dio.

Ascioni alsagis paron da rigardoj sur niajn vizaĝojn, per senpova mieno. Poste li sin denove turnis al la pastro iom tremante surkrure.

– Sed kiun kialon mi havu por kvereli kun vi? Min humiligante antaŭ la amikoj, ilin ĉiujn embarasante. Mi nur diras, ke la mondo estas plu farota.

– Kaj ĉu ĝin devas fari vi?

– Mi faras, kion mi povas; kaj mi ne povas perdi mian tempon.

- La tempo estas finiĝonta, imbecilo! Ĉu vi ne rekonas la trombonojn de la juĝo?

- Se vere tio estas tiom fruokazonta, lasu ke mi reiru al mia laboro. Devas min trovi ĉe la rabotilo, Lia diluvo, dum mi faras la mondon, kiun Li lasis al ni nekompleta; Li, kiu ordonas ne mortigi, inventinte la morton, estis fondinta la vivon sur la mortigado; Li, kiu ordonas ne deziri la virinon de aliulo kaj poste Li venas gravedigi unu el la niaj; Li, kiu post ĉio ĉi, estas ja eksterterano. Li havas belan vizaĝon de ekzekutisto, via Dio! Poste, sin turninte al mi: "Kaj pardonu, profesoro, tiun ĉi infanecan kvereleton. Kial min provoki? Mi volas nur fari mian laboron."

Dundì, kiu estis alkutimiĝinta vidi la trajnojn ekveturi, sed ne aprobis vidi forigi la amikojn, klopodadis, neniam utiligante la misguston aludi pri la nubo, komprenigi kiel sinelverŝon de nerva tensio (ĉar ĉiam necesas pravigi la provokitojn kaj ne la provokantojn) la intensan kaj lucidan akuzakton, kiun mi estis gustuminta en ĉiu detalo kaj kiun, mi konfesas, volonte mi estus refajriginta kiel militemulo, ĉar maloftas povi ĉeesti kverelon senpreteksteman kaj ĉe tia fundamenta kontraŭstareco. Kiom al mi plaĉis tiu ĉifonulo! Mi estus lin kondukinta miahejmen, aŭ mi estus loĝanta en lia lignaĵistejo, se mi ne estus sciinta, ke ĉion malbonigas la kunloĝado. Li forsalutis tre dignoplene kaj sen aroganto, eĉ pli, afliktite. La konsilanto Del Gatto faris komprenigan grimacon, per la magra duonvizaĝo, dum per la alia grasa duonvizaĝo li okulumis, kontenta, ke la ĝenulo estis nin forlasinta kaj dezirema utiligi la kartojn, kiujn li nervoze miksadis. Mi turnigis mian bastonon kvazaŭ helicon kaj ankaŭ mi ekflugis, simpatie ridetante eĉ al la pastro, ne certe pro hipokriteco, sed ĉar mi ne povintus elteni, ke li restu sena je ĉio. La polvo de la vojeto amadis mian bastonon kaj al ĝi volonte cedis; polvo mola, kun ligna odoro. Mi pasis, kompreneble, antaŭ la laborejo de Ascioni kaj, dum momento, mi haltis por enen rigardi kaj interŝanĝi kun li salutgeston. Kio plia povas esti inter du homoj, krom saluto? Miaj vestajoj kraketadis, ja susuradis, kiel tiu scianta, ke li devas sekrete forveturi.

Mi perceptis la papili-flugetadon de la infanino, kiu post-sekvis min, senatende. Kiel anhelanta stafeto, kiu klopodas bremsi sian ĉevalon, ŝi turnopaŝis ĉirkaŭ min etendante la ĉifonitan koverton, pulsanta kuraĝe kvazaŭ holografio. Ŝi klinis sian mentonon pro retenemo, min gvatante per la inteligento de la okuloj, dum ŝi kurbigis la lipon pro la plezuro sin montri, per esprimkomp!kseco pli riĉa ol kiom mi paciencas priskribi, ĉe triumfo de la ineco, kiun maturaj virinoj jam forperdis. Se la mondo povintus havi celon, en nenio alia ĝin estus trovinta, krom ĉe la infanoj. La naturo, tamen devintus povi disponi pri malsama tekniko, por ne devigi ilin adoltiĝi.

Ascioni, do, estis al mi sendinta, pere de iu "papilieto", iun simbolan prozon ne senan je stilo, en kiu rolis serpenteto, koko kaj unu filozofo, kiuj havis rilatojn diversspecajn kun li kaj kun lia lignaĵista groto, kaj kvin brave kuraĝaj metafizikaj konceptoj en versoj, kiujn mi gardas je dispono de kelkaj scivolaj amikoj ne tro impreseblaj.

Por li gravis ne aperi al miaj okuloj la malklerulo, kiun aliaj priskribadis. Kaj samtempe li intuiciis ian komprenon mian. Al mi plaĉis esti iom satiganta lian solecon.

ĈAPITRO XIV

Mi konatiĝis kun homoj nekapablaj bremsi sian timon ĉe la tondrado de eta ŝtormo, la malgranda tondro eksplodinta kiel pafknalo en iu unika punkto de la ĉielo. Kaj tamen mi perdis la spektaklan efekton de tutgloba tondro, la neimageblan eksplodon, kiu estus fendinta, eble, la teron kaj, certe, la timpanojn, forviŝante la sondimension. Ni ĉiam pensas, ke la aferoj eĉ relative definitivaj havu draman konotacion kaj estas preskaŭ ĝene, ke la nubego lasis forfuĝi oportunecon tiom promesplenan. Sekvante sian ĝentilan naturon, male, ĝi ekigis nepalpeblan pluveton, kiu vagadis traaere kiel iaj neĝadoj, sed pli subtilan, preskaŭan pulvoreskon, kiu ne malsekiĝadis. Estis io, kio kreskigis la aerkonsiston, plaĉa, mola surhaŭte; kaj kiu povis ĝin enspiri, dum tiuj kurtaj momentoj antaŭintaj la veran neĝfaladon dikflokan, sentis invadi la pulmojn kaj sangon per varmeto komforta, preskaŭ tre milda febro, dube sentebla. Tute ne ŝajnis, sed estis komenciĝinta diluvo laŭnorma; diluvo iom speciala, ne el akvo, tute ne, sed el io friska kaj leĝera, tamen seka: mia diluvo el orneĝo, mia amuzega universala diluvo.

Ekde la unuaj horoj la elektraj cirkvitoj paneis kaj blokiĝis la produktado de iu ajn energio: la pendoloj de la sorĉistinoj tute ne volis turniĝi, kun la fadeno spasmanta, kaj la manoj de la pranoterapiistoj[5] moliĝis kaj devis esti kaŝitaj en la poŝoj, kie ili malpuriĝis je haretoj kaj paperaĵeroj. La eksplodmotoroj bonege funkciadis, komprenble, sed la videbleco estis nula kaj la pneŭoj, cetere, estus havintaj nenian grundadheron, eĉ

---

5 **pranoterapiisto:** homo speciale trejnita kaj kapabla per siaj manoj tuŝi kaj palpi malsanan korpoparton de alia homo kaj, per siaj mensaj kaj psikaj kapabloj, reekvilibriganta la universalan vivigan energion enestantan en ĉiu individuo.

ne kun la ĉenvolvaĵoj. La kalkulitaj miliardoj da homestaĵoj spertis izoliĝon preskaŭ individuan: nenia komunikilaro kaj la homaj kontaktoj reduktitaj al la plej apuda najbaro, sed ĉiam tra intermetitaj grajneroj. La televidaj *showmen* estis fincelintaj alsuĉi la mikrofonojn: la homoj ne sciadis kion pensi kaj, se oni pensadis ion, tion oni pensis unuope. Estis la plej bela diluvo ĝis nun realiĝinta: lumanta je mola ora luminesko, ripoziga kaj fortiga. La homoj ne estis timigataj, male: ili estis neesplikeble kontentaj, eĉ se la motivo ekzistis kaj estis bela motivo.

Mia diluvo portis nek angoron, nek timon; iu enketo estus ĝin taksinta venkanta: mia diluvo ne descendadis por puni, tute regulrompe, kaj ne kontentiĝis je korŝiraj scenoj de amo kaj morto. Mia diluvo ne produktadis teruron kaj havis la guston de rostitaj maizgrajnoj. Mi sidis sur la fenestrobreto, kun la kruroj pendantaj kiel nenifaranto, sed mi diris en mi mem, ironie (pri tio ne dubu): "Manĝu el mia korpo. Ni ne zorgu pri la trinkaĵo". Oni prenis molan kaj kraketantan flokon, ĝin metis enbuŝen, laŭ la longitudoj, por klopodi estingi la malsaton aŭ instigi la apetiton akompanante la aperitivon. En tiu la floko likviĝis kaj, englutite, ĝi donis senton de bonfarto kaj instigis plu manĝi: tiom, kiom necesis por sin satigi por ĉiam. Ĝi homogeniĝis kaj densiĝis, je silikona stato, en la digestaj organoj kaj solidiĝadis, asimiliĝe, ĝis kazeigi la sangon, blondiĝante en la vejnoj kaj en la histoj oriĝantaj. Sin miksante kun la akvo koruptiga, kun la akvo putriga, ĝin ŝanĝis en likvaĵon leĝeran kaj luman, tiel forigante la tenebron el la abismoj. Eĉ la vermoj estis belaj al nia rigardo kaj ili devis plu timi nek la rubekolon nek la kokinon. Kaj eĉ kiam ĉesis la flokado kaj la ĉielo estis pli pura ol iam ajn, la suno povis jam ne plu aranĝi tagon kaj nokton.

Mi iris sur la tegmenton, sur la arbojn, sur la montojn kaj poste mi ascendis al la ĉielo por vidi, el la ekstero, kiel adaptiĝis la flavo je la planedo. Mi glitis tra la senmovaj aertavoloj, kiel lameno radianta, por traĝui la novan vizaĝon de la mondo, kun ia insinua timo pri monotoneco. Sur Himalajo, tamen, iu Granda Inicito, iu sankta Lamao plu restadis, el sango kaj karno, en kontemplado, firma en sia fasto. Mi descendis kiel la aglo kaj surteriĝis kiel la kolombino. Li tuj adresis al mi la parolon, kunfaltante la manojn kaj klinante sian kapon, por esprimi la demandon, kiu lin ĉuadis.

– Ho Jogmajstro, Amiko de la Supro kaj de la Subo – li diris al mi (laŭ sia bonvolo) – Jogmajstro, pulmolucida eskapanto de la Karmo, Jogmajstro psikopura, diru al mi, kial okazis ĉio ĉi? Mi volis nur provoki grandan ŝtormon super Ĉinio, kiel mordon en la flanko de la sovaĝbesto, por ke ĝi forprenu siajn krifojn el la buŝpleno de Tibeto. Pri kio mi do eraris, ke el la nuboj ne venis akvo kaj la tero restis seka kaj la ĉielo dezerta? Kiel tio okazis? Kaj ĉu vi havas rimedon? Ĉar mi havas neniun. Kiel, ne volante, mi povis senigi la ĉielon je ĝiaj nuboj?

– Ne je ĉiuj. Rigardu tiun molan tufon super ni!

Tiel gajiĝis lia vizaĝo kaj li ekkriis: "La Eta Patrino!"

ALDONO

La aŭtoro preferis, ke la antaŭparoloj de la italaj
literaturkritikistoj por la itala, originala eldono,
aperu librofine, kiel aldonaĵo.

LA MUZIKO

Trairi la vivon per vorticanta radikaleco inter vandoj el okulumanta esoterismo, kultivante la fanatikon de formo lucida kaj ambicia, tia ĉi aspektas la dominanta kadro de rakonto emocie enhistoriigita kaj, fojfoje, "envolvita de tiu ĉiela muziko, kiu elvejnigas ĉian savon".

Ĉiosume, estas kvazaŭ eniri en sekretan verkmanieron, kiu situas ekster la akreditita logiko de la natura proceso, sed evoluas ekde iu edukita infanaĝo egocentra kaj ekde la sinsekva ribelema adoleskaĝo. Sentima esploro kirurgia, inventemo daŭre elŝprucanta, kiuj kondukas la verkiston glisi, fluktui, sin perdi kaj poste sin retrovi en la implikaĵoj, en la kurboj, en la vejnoj, en la arterioj, en la vidsparkoj de la universo.

Iu verkemo artikulaciita ĉirkaŭ rigora sistemo kaj, tamen, esprimita en ties senfinaj variantoj.

Tien eniras alblovite la nostalgio pri la fatalaj renkontiĝoj, ekde tiu kun la verkado, kiel la plej granda homa invento, ĝis la renkonto kun Proust, kun lia *Recherche*, kun liaj dekdumil paĝoj da ĝojo.

Unu vivo traklopodita sur la implikaĵoj da doloro kiel plata elfuĝo "kiel ŝtono glitanta sur akvo".

Sed la sperto pri la doloro, identigebla per la longa sono de la silento, produktas, tamen, nekompareblajn harmoniojn kaj parfumondojn, ĉar "resaniĝi estas kvazaŭ eliri el songo, trempita en sublimon, brila je ĝojo". Verkadi estas, do, jam vivi, malaperas ĉia paŭzo, ĉia tempa diferenco, ĉar la du momentoj estas ununura afero. Tiel same sin esprimis Leopardi en 1820, interne de sia *Kvodlibeto*, kaj tiel pensadis Jorge Luis Borges, kiam li sin metis en la vestojn de verkisto pasinttempa, spertante el tiu preciza vidangulo la saman situacion.

Giuseppe Campolo posedas la tujecon de verkmaniero, kiu strebas al la absoluta samtempeco de la eventoj, kiuj ĉi-tieas, kiel senmezura, monstra rezervujo sorbebla pogute, elektebla, selektebla, kvazaŭ ĉerpante el vrako de historiaj ŝippereoj de la spirito. Iu verkstilo, kiu gardas la eĥon de la ambiciaj havenoj de la granda rusa literaturo, kiu estas kiel "ĉirkaŭbraki la vivon, en la pleno de ties dinamismo, de ties senkompataj lumoj, de ties fabela harmonio", kiel la pretendemo ĉeesti ĉiumomente por dokumenti ĉiun absurdan temperon, kiel tiun de la paraŝuto, kiu descendante sur pinarbareton, tien sin kuŝigas, dum la klaviceno, kiun ĝi transportas en tiu transreala flugo, "sin starigis rajde sur iu torenteto gaja, kvazaŭ simbola ponto". Jen bildo kiu entenas la veran sencon de la libro, tien plonĝanta por kapti la miraklajn momentojn, kiuj ekfajrigas la vivon, tute tie ĉeestantan, sen iu antaŭ- kaj posttempo, sen atendoj nek futuro, tute tie akceptotan el la luksaj bildimagoj de Arciboldi, el la Vivaldi-aj Sezonoj trairantaj la tempon kaj, laste, sed ne laste, el la Bach-aj harmonioj de la sferoj.

Rina D'Amore

LA PROZO

Nubumo estas romano en kiu, kun elstara travid-kapablo, la senbrida fantazio de la aŭtoro kondukas al eksterordinaraj kaj allogaj flugoj en surrealismajn etosojn.

La ekstravaganca protagonisto, aventurema kaj genia, estas dotita per kelkaj povoj kaj li certas posedi "potencan identecon", kiu ne allasas cedojn aŭ malkuraĝojn kaj, aliflanke, igas lin sin senti proprietulo de multaj rajtoj. Li praktikas super ĉiu evento, kiu lin koncernas, sian kritikan sencon, li sin pridemandas kaj sin priesploras ĝisfunde, ofertante al la leganto ne malmultajn sparkojn da saĝo kaj simpatiajn kaj daŭre originalajn prikonsiderojn spicitajn per sana humuro. Nenio de li eskapas, fakte, ĉu kiam li sin movas en la ĉiutaga realo kaj haltas por observi la naturon aŭ por enketi pri la homaj sintenoj, ĉu kiam li plonĝas volupte en la sonĝdimension aŭ sin mergas en la asketan sperton. Fariĝinte jam "fiŝisto de la ĉielo", li "ekvelas" sur "metafizika akvo". En la lastaj ĉapitroj li konscie provokas fenomenon je tutplaneda dimensio, perceptitan de la mortemuloj erare maltrankviliga. Unika ekzemplo en literaturo, kaj ne nur ĉar ĉi-foje la aktoro estas terano, sed pro la maniero kaj pro la fizika kaj motiviga kaŭzo elĉeniganta, kaj pro ties substanca bonefika efekto, kapabla transŝanĝi la homaron.

Nin impresas en ĉi paĝoj, tre ofte amuzigaj, la verkokvalito, iu verkmaniero, kies celon la verkisto-rululo deklaras ne koni, dum la atenta leganto povas facile ĝin identigi ĉe la plezuro, aŭ eĉ ĉe la neceso, rakontadi postsekvante la bravajn esplorojn de la penso kaj igante la signifon alloga kaj, do, fundamenta komunikilo.

Prozo eleganta, kun antaŭenmovo densa kaj flua, en kiu la leksika elektemo fondiĝas sur la rigoro kaj sur lingva precizemo konstante riĉigita per adjektivoj, kiuj harmonie kunligiĝas kun la substantivoj, ĉe la solida arkitekturaĵo de senmakula propozici-konstruo.

Agrablaj, krome, en sia leĝero, la metaforoj dissemitaj sur la paĝoj; ili transdonas al la fabulado artodignon, ĝin purigante el ajna vulgareco. Necesas, fine, agnoski al la aŭtoro la kapablon "pentri" imagbildojn senc-gravedajn, kiujn oni devas aprezi pro la klareco de la reprezentataj animstatoj kaj pro la esenco de la esprimivo decide poetika.

Anna Maria Crisafulli Sartori

LA STILO
Lingvo kaj strukturo

La ago disvolviĝas en cirko, en iu vilao, sur la trajno, en iu vilaĝo, en Milano, en Romo... ĉiuj lokoj, kiujn ni ŝajne konas, sed kiuj estas rekreitaj, mitigitaj, igitaj esencaj kaj sorĉaj, alportante signifojn eksplicitajn aŭ riveliĝontajn. En "Nubumo" la geografia kunteksto, la fizika spaco iĝas tiel abstraktaĵo, iu fono ŝajne hazarda, ĉe vortica rakontado neta, lucida, difinita kaj konkreta, kun la gusto de la vereco: klarvide aŭgura metaforo admona. Ni trovas rakonton, kies scenaroj ŝanĝiĝas al mondoj novaj, per la paŝoj de rolulo, kies personeco sin plurfacetigas, evoluas, sin rompas kaj disvastiĝas. Se ĝi estas eduka romano, tia ĝi ne estas laŭ la maniero de la Bildungsroman, komencante per Goethe, ĉe kiu la protagonisto fincelas adaptiĝi al la ekzistada realo; ja eble, laŭ la tre speciala maniero de Castaneda[6]. Sed enestas plio: ni retrovas en "Nubumo" iun ĝenran evoluon. Ĉi tie la protagonisto reakiras sian intiman esencon, laŭ radikala kontraŭstaro al la plej altaj kulturaj fostoj, kaj enkarnigas tiun esencon, portante ĝin potence en la mondon, ĝis ĉi tiun elforĝi. Iu edukado, spirita evoluo-kreado, metafizika. Edukromano kun centre la moderna homo, kiu ne pu haltas ĉe la enfabrika vivo, ĉe la amo. Estas la nura edukado, kiu povas ekzisti en transcenda civilizo; nova erao de la mondospirito. Spirito ora kaj infanaĝa, kiu, etimologie, preteras la vorton, kaj kun ĝi la strukturadon de socio. Fakte la rakontisto rememoras jam ekde la unua ĉapitro la levitacion, kiun li praktikadis infanaĝe, kiel konon perditan. La spiriton de la sovaĝa instinkto natura nereakirebla ĉe la ci-

---

6 Carlos Castaneda (1925-1998), perua verkisto, poste usoniĝinta.

vila adolto. Tamen, sur la ascenda pado, kiu lin kondukos al mirigaj rezultoj, perturbaj implikaĵoj por la ceteraj homestaĵoj, li elkatenigos fortojn proprecajn de ĉi ĉioscia spirito de la animo. Li mudigos sian korpon en oron kaj en oron la rilatojn kun la ceteraj estaĵoj, praktikante tutsuperan regadon super la mono. Ne estas fia mono kaj malŝatinda monpapero; estas la lumo; lumbrila, signo dia kaj mistera, animspegulo.

Kaj tiel la ina figuro, seksa ŝlosilo, disperdiĝas ĉe leĝera hezitemo, ĉe la malfokusiĝo de la bildo apud la akto efektiva. Virino malanĝeligita, provokema; virino ne tuŝita sed karna pli ol la tero. Kaj la sama semo, objekto de la seksa ago, iĝas semo de la arta ago. Ĉe iu sceno fortpotence konotaciita per ambigueco, estas la sama protagonisto, kiu diras al sia netuŝita virino, ke li estis plantinta sian semon, kaj kien? En la teron; kiu ja estis prilaborita argilo, palpita kaj kreita, kaj kiu estintus la tero de Edeno. Kaj el tiu tero naskiĝos "la floro, la nura flavo de la pentraĵo".

Kaj ni revenu al la lumo. Tiu ĉi fulma energio estas energio lingva, kiu foje revivigas kaj semantikigas per nova lumo vortojn forgesitajn ("gerofante" = hierofanto), kaj generas neologismojn ("slappa" = brusuĉe malbobenas), rigore kursivajn. Kursivo, kiu ŝajne volas subskribi pli ol pravigi ĉi vortojn, iu orgojla kursivo. Li reuzas sciencajn terminojn, altrudante al ili novan signifon ("sferodattili infrarossi" = sferodaktiloj infraruĝaj, "entropia metafisica" = metafizika entropio), kaj tio, ĝuste ĉar la pasinta scienco estos komplete forblovita, kiel la signifoj de la vortoj, fare de la nova spirito; fare de la nova homo. Dio mortis jes; ni ekigu la novan homon, ja vere. Sed oni ne plu parolas pri la psikoanalizo de la dudeka jarcento. Ne plu estas la senmistifikigo de la tri majstroj. Campolo, kvazaŭ sin retroĝisdatigante je kelkaj generacioj, sin flanken metas ĉe la futuristoj, ĉe la voĉanoj[7] sed kun tute aliaj psikaj profundecoj. Tiuj profundecoj, kiujn nur kelkaj elektitoj kapablas tuŝi, ĉar neesprimeblaj (kaj ni revenu al la sovaĝulo, al la infano) kaj, se

7   Itala literatura skolo ariĝinta ĉirkaŭ la revuo "La voce" (La voĉo) (1908-1911; 1914-1916).

"legataj", ili tute klarigas la homan koron, universoskale; la tutan komplekson, per malmultaj skizoj. Kaj fakte, kio estas arto, se ne la perfekta formulo lumanta de la profunda vero enkavigita en la roko kaj tiom simpla en si mem, senklopoda, idilia. Tamen disde tiu monolita modelo de romano, ĝi estas tute malsama, ĝi estas biografio, la membiografio de la rakontisto, apuda je la maniero de Slataper, Boine, Jahier, sed tiun ĝi transpaŝas kaj, kiel Tozzi, li kapablas konstrui la romanon, li superas la Ronda-n[8], li superas la tutan dudekajarcentan tradicion.

La rakonta unuo, ŝajne enfermita en la ĉapitro, sin fordissolvas ĉiufoje tuj post ties anoncado, ĉar ĝi ne postiras la sinsekvon de la eventoj, sed ja la evoluon de la psiko; la internaj rilatoj sin reciproke subtenas, la vortoj kaj la okazintaĵoj sin elvokas nedisigeble. Campolo estas futuristo, futurismaj estas liaj vortoj, futurismaj liaj imagbildoj tute ne surrealismaj, la potenco, la supreniro – kaj simila kaj mala al tiu de Mafarka[9]. Sed iu futuristo, kiu preterpasis la tutan naŭcenteskan tradicion kaj eĉ la klarega beleco de Saba al li ne estas nekonata. Li estas futuristo, kiu vidis la futuron. Jen ekzemploj de vortoj el tiaspeca kreo, kiuj tamen tute havas modernan mienon ĉe la atribuita kunteksto: "cunnomane"= piĉemulo/a, "autogena fluorescenza" = aŭtogena fluoresko, "vibrafora" = vibriga, "mumminrealtà"= mumi-senrealo, ĉiam tute neatenditaj terminoj, ĉiam geniaj kaj sugestoplenaj, ĉe lingvaĵo neniam ordinara kaj kiu neniam subenfalas al komunaj esprimoj, sed kiu daŭre estas nova kaj ennoviga.

En ĉiu ĉapitro de ĉi libro oni renkontas ion neatenditan. La rakonto sin disvolvas laŭlonge de kurso neantaŭvidebla, inter la realaĵo kaj la fabelo, inter la materiaĵo kaj la sonĝeska vojaĝo, inter la filozofio kaj la sensanktigo de la filozofio, inter la rakontado kaj la provoko. Kaj tamen en ĉi verkodiverseco emerĝas duparta strukturo, kaj mi ne referencas al la unua kaj al la dua parto, kiuj, kiel ĉe Faŭsto, markas la momenton de la

---

8   "La Ronda" (La Rundo) estis literatura revuo eldonata en Romo (1919-1923).
9   Protagonisto de la romano "Mafarka il futurista" de F. T. Marinetti (1876-1944).

vera ascendo kaj la stilo ŝanĝiĝas eĉ se ĝi fariĝas pli imagiva kaj analiza. Mi referencas al la ĉapitroj, kiuj estas alternaj: unu, para, pri preparado, koncentriĝo, meditado kaj unu, malpara, kiu eksplodas en sia tuta kalejdoskopa naturo. Potencigante, laŭ senco moderna kaj ekspresionisma, la dividon de la libroj de la Georgikoj. Rakonta truko malnovmoda, kiu estas pli eksplicita ĉe la rilato inter la lasta kaj la antaŭlasta ĉapitro, kie oni anoncas la ŝtormon kun la kunligitaj okazintaĵoj, kiu tute strebas boligi la magmon de la konoj kaj sentoj ĝis tiupunkte havataj, potencigante la atendemon: la kuntiriĝo antaŭ la eksplodo.

La tempa epicentro estas plufoje deŝovita, per la ŝanĝiĝo de la psikologiaj pozicioj, kiuj en la rakontado reflektas sian spektron. La lingvaĵo estas fleksita kvazaŭ ĉe parolskulptaĵo kaj, purigita de la leksikaj kutimoj, kunmetas la dinamikon de la bildoj ĉe harmonia strukturo, iamaniere hieratika, eĉ per la ritma konstruo de la frazo. La sintakso alternigas formojn de pura hipotakso, kun formoj de metaparatakso. Kaj la tuta strukturo de la libro al mi ŝajnas povi esti nomata metaparataksa, sed ne pro iu anakoluto apud la parolata lingvo, al kiu teknike tio rilatas; sed pro ĝiaj senĝenaj parolturnoj, tamen tute trempitaj per latinaj absolutaj ablativoj, kiuj neobservite fluas en majstran prozon. Eble ĝuste tio estis la plej granda merito de la antikvaj poetoj: la tragika stilo, kiel ĝi estus povinta flui sur la buŝo de iu sovaĝa dio ĉioscia.

Massimo Agresti

ENHAVO

Nicolino Rossi: Antaŭparolo 5

Giuseppe Campolo: Nubumo
Unua parto 9
Dua parto 37
Tria parto 63

Aldono
Rina D'Amore: La muziko 95
Anna Maria Crisafulli Sartori: La prozo 97
Massimo Agresti: La stilo. Lingvo kaj strukturo 99